숨 좀 쉬며 살아볼까 합니다

숨 좀 쉬며 살아볼까 합니다

초 판 1쇄 2023년 11월 21일

지은이 최윤희
펴낸이 류종렬

펴낸곳 미다스북스
본부장 임종익
편집장 이다경
책임진행 김가영, 신은서, 박유진, 윤가희, 윤서영, 이예나

등록 2001년 3월 21일 제2001-000040호
주소 서울시 마포구 양화로 133 서교타워 711호
전화 02) 322-7802~3
팩스 02) 6007-1845
블로그 http://blog.naver.com/midasbooks
전자주소 midasbooks@hanmail.net
페이스북 https://www.facebook.com/midasbooks425
인스타그램 https://www.instagram/midasbooks

ISBN 979-11-6910-389-3 03810

값 18,000원

미다스북스는 다음세대에게 필요한 지혜와 교양을 생각합니다.

숨 좀 쉬며 살아볼까 합니다

나다움을 찾아가는   최윤희 지음

40대 워킹맘의

1년 휴직기

미다스북스

들어가며

    저의 시계는 한참 늦고, 게다가 천천히 흐르는 것 같습니다. 여전히 어린 맘을 가진 스스로를 보면 답답하다가도 '언젠가는 자라겠지.'라며 희망을 끈을 놓지는 않습니다.

    결국 언제나 가장 끝까지 저의 지지자일 사람은 저 스스로니까요.

    야무지고 똑부러지는 것과도 한참은 거리가 있습니다. 그저 자랐고 정신 차려보니 결혼했고 어쩌다 보니 형제 맘이 되었습니다. 물 흐르듯이 자연스러웠다고 생각했었는데 그저 많은 고민이나 생각 없이 물음표를 많이 생략하고 살아왔던 사람이었습니다.

나이에 딱 맞는 정직한 외모를 지니고 있는 듯합니다.

이제는 "결혼은 하셨어요?" 혹은 "아이는 있으세요?"라는 질문은 덜 받습니다. 대신에 아이는 몇 살이냐는 질문을 종종 받습니다. 열넷, 열일곱, 편하게 중1, 고1인 사내아이가 둘이라고 하면 "다 키우셨네요!"라며 부럽다는 인사치레를 하곤 합니다.

저도 그런 줄만 알았지요.

잠 못 자며 수유하던 시기도 한참 지났고 저지레만 안 하면 좋겠다 싶었던 것도 기억에서 지워질 만큼 오래전 일이니까요. 막 걷기 시작할 무렵 한창 쫓아다니던 그런 시절에는 학교에만 가면, 초등학교만 졸업하면 이제는 걱정을 한시름 덜 줄만 알았습니다.

나이를 먹어간다는 것은, 그리고 부모가 되어 사람을 키운다는 일은 매 순간 나를 낮추고 인내하는 과정임을 다시 깨달았습니다. 결코 단거리 달리기가 아님을 또 알게 되었습니다. 어쩌다 한 번 있는 이벤트 같은 일로는 쉽게 바꾸거나 변하게 할 수 없다는 사실도 알았습니다. 매일매일 수양하는 기분으로 또 순간순간 지성을 들이는 기분으로 일상을 살아가기로 마음먹었습니다. 아둔했던 저는 잠시 멈추고서야 깨달았습니다.

1년간 회사를 쉬었습니다. 많은 누군가 별일 없이 혹은 별일에도 불구하고 지켜내고 버티는 직장 생활을 저는 잠시 접어두기로 했습니다. 스스로에게 휴식을 선물하겠다고 보기 좋게 선언했습니다만 속마음은 혼자서만 넘어진 듯한 기분이었습니다. 기분만은 아니지요. 사실이 그랬습니다. 넘어진 김에 쉬다 가자고 속 편하게 생각하기로 마음먹었습니다.

아주 편하지는 않았습니다. 쉬지 않고 달리는데 익숙해서 쉼에는 인색하기만 했습니다. 그럼에도 불구하고 다시 또 한 번 스스로를 다독입니다. 멈출 때를 알고 멈출 줄 아는 용기도 필요했다고. 스스로를 또 위로했습니다. 그래서였을지도 모릅니다. 나와 같은 길을 걸을 혹은 걷고 있는 그녀들에게 용기와 위로를 주고 싶다는 마음으로 야심 차게 글을 쓰기 시작했습니다.

시작은 창대했으며 꿈은 원대했습니다.

하지만 큰 꿈과는 달리 이 글들은 결국 나와 꼭 같은 모양새로 세상에 나온 것을 알게 되었습니다. 여전히 모자라고 부족한 제 모습을 넘지 않는 글들이 오도카니 저와 마주하게 되었습니다.

그 모자라는 글을 읽기 위해 시간을 내어 주는 분을 위한 서문을 쓰려고 하니 저절로 경어체가 나옵니다.

감사할 따름입니다.

결국 나의 1년 동안의 휴직이라는 시간은 그저 나다움을 찾아가는 온전히 나만을 위한, 선물 같은 시간이었음을 뒤늦게 고백합니다. 잠시 일을 멈추었지만 일 외의 나머지 제 생은 성큼 자라 제 키가 한 뼘은 커진 기분입니다(실제로 왠지는 모르나 휴직하는 동안 0.8cm 키가 자라기는 했습니다.)

대단한 성과가 있거나 두드러진 무언가가 있어 남긴 글이 아닙니다.

사내 아이 두 명을 키우면서도 여전히 서툴고 매일이 새로운 불량 엄마의 반성기일 듯합니다. 혹은 그래서 여전히 어설픈 직장맘의 퇴고기라고 볼 수도 있을 듯합니다. 누군가에게 위로가 되고 싶어 쓴 글이 결국은 나를 위한 글이었다는 점이 감사하기도 하지만 더 많이 부끄럽기도 합니다.

그럼에도 불구하고 욕심을 내려놓지 못합니다. 나와 비슷한 길을 걷게 될 나의 사랑하는 그녀들이 이런 흑역사를 보고 혹여 비슷한 실수를 피할 수 있다면 정말 기쁠 거예요.

유용한 정보 한 줄 없으나 여과 없는 생생한 일상에 피식이라도 웃음을 줄 수 있다면 더할 나위 없겠죠. 그마저 힘들다면 마흔을 넘고 오십을 바라보는 나이에도 여전한 한심한 제 모습에 '내가 낫군.' 정도의 약간은 우쭐한 기분이라도 느끼시길 바랍니다. 그래서 조금이라도 어깨가 봉긋해진다면 그거라도 제 나름의 성공이라고 외쳐 봅니다.

왠지 모를 기시감으로 저에게 친근함을 느낀다면, 그래서 우리의 거리가 조금은 가까워진다면 그보다 좋은 게 있을까요?

사랑하는 가족과 동료들 덕에 가능했던 휴직이었습니다. 그리고 그 덕에 다시 또 직장맘의 생활을 이어갈 수 있었습니다. 더불어 의지와 상관없이 제 책에 등장한 많은 분들께 송구함을 담은 감사를 전합니다.

2023년 11월의 첫날 최윤희

1장

1년만 휴식하겠습니다!

하염없이 다크 서클이 내리던 밤

"띠띠띠띠, 띠띠띠띠."

여지없이 울리는 6시 알람 소리. 잠시 눈을 감았다가 뜬 듯한데 벌써 아침이라고?

'거짓말! 누가 좀 말해줘요. 거짓말이라고.'

'맞아. 거짓말이야. 너 놀리려고 그랬어. 아직 한밤중이니까 좀 더 자렴. 굿나잇.'

'제발 제발 누군가 이렇게 말해줘요.'라고 혼자서 아우성을 쳐보지만.

후, 일어나야지.

하지만 몸이 말을 듣지 않는다. 오늘은 정말이지 눈조차 뜨기 힘들다. 어슴푸레 밝아 오는 시간이 되어서야 겨우 잠이 들었다. 5시 무렵이었을까.

어젯밤 11시 미팅을 죽 쑤고 어지간히도 스트레스를 받았나 보다. 내가 하고 싶은 말을 제대로 하지 못한 후유증인가. 미팅에서 나온 Action item이 현실적으로는 실현하기 어려울 것 같다고 말하고 싶었는데 하지 못한 탓인가. 이놈의 지긋지긋한 영어. 왜 내가 말하면 잘 알아듣지를 못하니. 아침부터 스트레스 만땅이고만.

'애고애고, 어서 일어나자.'

그래도 나는 애써 어서 일어나야겠다고 마음을 먹었다. 간단하게라도 애들 아침거리를 준비해야 하니까. 냉장고에는 뭐가 있었는지 찬찬히 생각해 봤다. 큰애는 유부초밥은 지겹다고 했는데. 둘째는 참치 넣은 삼각김밥을 해달라고 했지만……. 오늘 아침 나의 상태로는 둘째 녀석의 말을 빌리자면, '무리무리 무리데쓰'이다. 매우 곤란할 정도로 무리라는 뜻이다. 마침 냉동실에 핫도그가 있구나. 휴 다행이다. 정말.

그건 그렇고 오늘이 무슨 요일이지? 아, 화요일이네! 8시 온라인 미팅을 집에서 들어가야 하나. 다음 미팅은 몇 시더

라. 악, 9시에 바로 잡혀 있지. 미적대지 말고 빨리 사무실로 가야겠다. 어서 정신 차리고 일어나자.

몸은 아직도 침대를 벗어나지 못했는데 머릿속으로는 이미 100m 전력 질주를 서너 번은 마친 듯하다. 벌써 지친다. 꾸깃꾸깃한 몸을 겨우 일으켜 본다. 하지만 마음까지는 무리인가 보다. 구겨져 있는 마음을 제대로 펴려면 시간이 좀 걸릴 것 같다.

대체 언제까지 이렇게 다람쥐 쳇바퀴 굴리는 듯한 일상을 살아야 할까. 지칠 대로 지쳐 눈을 뜨며 하루를 시작하는 일상을 언제까지 해야 할까. 문득 '내가 죽어야 끝날까?'라는 생각까지 하게 되었다. 자신에게 당혹감을 금할 길이 없다.

'무슨 애 엄마가 이렇담?'

스스로에 대한 질책과 자책감이 한 움큼 가슴을 후벼판다. 세상에 넘쳐나는 강하고 멋진 엄마까지는 아니더라도 밝고 명랑한, 유머를 잃지 않는, 여유 있는 엄마가 모토라던 자신에게 적잖이 실망스럽다.

그럼에도 또다시, 한 사흘은 내리 죽은 듯이 자고 싶다는 생각이 가득하다. 자다가 지쳐서 허리가 끊어질 듯이 아파서 깨고 싶다. 혹은 뱃가죽이 등가죽에 달라붙을 만큼의 지독한 허기 때문에 깨고 싶다. 나는 먹고 싶지도 않은데 꾸역 꾸역 음식을 만들어 내는 거 말고. 그렇게 겨우 차린 밥상에는 결국 허기보다 지친 마음 때문에 쳐다보기도 싫은 기분 말고. 배가 고파서 '아, 이제는 좀 뭘 먹어 볼까?' 하는 가볍고 상큼한 기분을 가지고 주방으로 향하고 싶다. 내가 과연 그랬던 적이 있었나 싶다. 언젠가, 기억에서는 거의 잊힌 언젠가는 그랬을 텐데. 그 귀한 시간이 귀한 줄도 모르고 지겨워하거나 또 불안해했겠지.

"나 지친 거 같아. 이 정도면 오래 버틴 거 같아."
때마침 아침 출근길 플레이 리스트에서 아이유 님의 〈무릎〉이 흘러나온다. 울컥 목구멍으로 뜨거운 김이 올라오더니 '푹' 하고 이내 눈물이 터진다. 겨우 차를 신호 대기 중인 사거리에 정차했다. 결국 '꺽꺽' 소리까지 내고 한참을 울어 버렸다. 한바탕 울음을 토해낸 후에야 겨우 호흡이 잦아들었다.

내가 왜 이러지? 요즘 흔히들 많이 겪는다는 번아웃인가. 아니면 우울증일까? 그저 불안한 마음 때문인가. 문득 심리학 박사 김정운 님의 책 『가끔은 격하게 외로워야 한다』에서 읽었던 글귀가 떠오른다.

불안하지 않아야 성공한 삶이다.
잠 푹 자고, 많이 웃는 삶이 진짜 성공이다.

나는 어떤가.
업무상 항상 자신감 있어 보이는 표정을 기본 옵션으로
장착하고 미소를 짓지만, 진심으로 크게 웃은 게 언제였던
가. 밤새 제대로 잠도 못 자서 다크 서클이 무릎까지 내려온
모습. '숙면이 뭔가요?'라고 말하고 있는 탁한 눈빛. '많이
피곤하세요?'라는 질문을 곧잘 듣는 거친 낯빛까지. 그래도
누구에게도 이런 날 것의 나를 들키면 안 되니까. 누구나 아
는 유명한 똥손일지 언정 맑은 척할 수 있다는 화장품으로
애써 가리려 두드려 본다. 다시 '레드썬!' 하며 최면도 걸어
본다.

나는 활기가 넘친다.
자신감이 넘친다.
행복하다.
아무 문제도 없다.

다 잘될 거다.

난.괜.찮.다.

하지만 오늘은 더 지친다. 아니 늘 그랬던 것 같다.

말하는 대로 된다면서? 왜 나는 더 깊은 괴리와 공허만 느끼게 되는 걸까. 자기최면도 한계에 다다른 걸까. 도대체 어떻게 하면 될까? 애써 아닌 척하느라 더 지치게 되는 무한루프의 반복이었다.

이 또한 지나갈까. 마음이 하고 싶은 이야기가 많아 보이지만 여느 때처럼 짐짓 모른 척 내버려 두면 또 그냥저냥 지나갈 수 있을까? 이보다 더 힘들 때도 잘 헤쳐왔으니까. 곧 괜찮아질 거라고 생각했는데.

나

더는 괜찮지 않은 거 같다.

하지만 나는 이팔청춘도 아니지 않은가. 세상일에 정신을 빼앗겨 갈팡질팡하거나 판단을 흐리는 일이 없게 된다는 불혹이다. 그런 마흔을 지난 지도 6년 가까이 되어간다. 그래서인지 아프다고, 나 괜찮지 않다고 말하는 것도 민망하고 부끄럽다. 아프다고 한들 모두가 다 내 책임과 관리 소홀인 것만 같다. 말하는 건 고사하고 티 내는 것도 너무 아마추어 같아 차마 엄두가 나질 않는다.

실은, 제대로 아프다고, 나 힘들다고, 정말 괜찮지 않다고 말로 해본 적이 기억나지 않는다. 어떻게 말하고 어떻게 내 상태를 설명해야 할지 알 수가 없다. 제대로 말하지 못하니 짜증 난 표정과 날카로운 말투로 표시가 많이 나곤 했겠지만. 이런 것에 표현까지 서툴다니. 이 적잖은 나이, 아니 상상해 본 적 없는 나이, 마흔여섯이 되도록 나는 뭐에 신경 쓰고 사느라 마음 하나 제대로 표현하기가 힘들까.

닻처럼 무거운 마음이 심해로, 심해로 가라앉고 있다. 이쯤이면 그만 멈출 때가 되었다고 했는데, 나의 예상을 코웃음 치기라도 하듯 바닥을 모르고 계속 내려가기만 한다.

프랑수아즈 사강의 책 『브람스를 좋아하세요』에서 시몽이 폴을 향해 했던 말들이 떠올랐다. 당신을 인간으로서의 의무를 다하지 않았다는 이유로 고발한다던. 사랑을 스쳐 지나가게 한 죄, 행복해야 할 의무를 소홀히 한 죄, 핑계와 편법과 체념으로 살아온 죄. 폴에게는 사형이 마땅하지만, 고독형을 선고한다고 했었는데.

시몽의 시선으로 보면 같은 죄를 범한 나는 그래서 형벌을 받는 것일까.

나에게 시간이 필요하다.

남의 기대나 시선이 아닌 오롯이 내가 보는 나를 위한 시간이 간절히 필요하다. 너무 늦은 나이가 아니라고, 지금도 괜찮다고 되뇌어 본다.

너무 늦는 때는 없다고.

지금이라도 다행이라고.

몇 번이고 다짐하듯 내게 말해 본다.

엄마는 나한테 신경 쓰지 않아요

어느 날, 자유로운 영혼을 가진 열세 살, 아이들 사이 유행하는 말로는 '잼민이'의 끝자락에 있는 초등학교 육 학년, 둘째 아들과 대화를 하던 중이었다. 어떤 주제로 이야기를 나누었는지는 기억이 나지 않는다. 이후 대화가 너무 인상적(실은 몹시 충격적!)이기 때문이겠지.

한참 대화 중 둘째에게 서운한 마음을 느낀 내가 말했다.

나: "태양아, 엄마가 태양이를 얼마나 신경 쓰는데. 태양이가 그렇게 이야기하니까 엄마는 너무 속상하다."

둘째: "엄마, 엄마는 나를 신경 쓰지 않아."

놀란 토끼 눈이 된 내가 말했다.

나: "엄마가 태양이를 신경 쓰지 않는다니 그게 무슨 말이야? 왜 그렇게 생각해?"
둘째: "엄마, 생각이라고 말하지 마. 사실이야."
나: "아니 그러니까 왜 그렇게 생각하냐고?"
둘째: "엄마, 생각이 아니라 사실이라니까!"

어지간히도 확신에 찬 어조였다. 같은 이야기를 계속해 봤자 다람쥐 쳇바퀴일 듯싶었다. '바사삭' 하는 소리를 내며 부서지는 나의 멘탈을 겨우 부여잡고 다시 물었다.

나: "그래, 태양아. 그럼, 엄마는 귀염둥이 태양이도 신경 쓰지 못하고 뭐에 신경을 쓰며 살고 있을까?"

별 망설임 없이 바로 둘째가 대답했다.

둘째: "엄마? 엄마는 일에 신경 쓰지."

아, 아이에게 나는 그런 엄마구나.

아들인 자기와 가족은 뒷전인, 일이 우선인 사람.

나는 길게 한숨을 쉬었다. 더 놀라운 사실은 그나마 아직 어리다고 생각한 둘째 아이가 내가 일 외에 시간을 쏟는, 많지 않은 대상 중 하나라는 사실이었다. 남편은 성인이니까, 열여섯 살, 중학교 3학년인 큰아들은 조용하지만 치열하게 사춘기를 관통 중이니까. 이제 더 이상 내가 많은 에너지를 쏟아붓지 않아도 될 거라고 여겼다.

그렇다. 실은 나 편한 대로 생각하고 있었다. 참 태평하게도.

아직은 엄마의 손길이 필요하다고 생각해서 그나마 신경을 쓰고 있었던 둘째 아들이 이 정도로 느낀다면 나머지 두 명이 평소 느꼈을 감정은 물으나 마나였다. 회사 일 외에는 신경 쓰지 않는 엄마, 그리고 아내. 함께 집을 공유하는 하우스메이트 같은 존재였을까.

얼마나 외로웠을까? 여기까지 생각이 미치자, 마음이 아파서 견디기가 힘들었다.

대체 언제부터였을까?

기억도 나지 않는다.

　문득 집에서 점점 표정을 잃어가는 큰아이가 어렸을 적 일화가 떠올라 가슴에 또 한 번 서늘한 바람이 분다. 큰아이가 유치원 시절, 그리고 초등학교 입학할 즈음, 나는 역시나 바빴다. 첫째를 키우며 겪은 시행착오 덕분인지 둘째 아이에게는 웬만한 사건에도 이제 무뎌질 대로 무뎌졌다. 하지만 큰아이를 키울 때는 뭐든 처음이다 보니 매번 서툴고, 실수투성이였다.

　초등학교 병설 유치원 졸업식에서 우리 아이만 한복을 안 입은 걸 봤을 때는 어찌나 아찔하던지. 그 많은 아이 엄마 중에 나만 일하는 엄마도 아니었을 텐데.

　'무심하고 무딘 나 같은 사람이 엄마라서 정말 미안해.'

　그 대가를 온전히 어린 일곱 살 아이가 견디게만 했던 그때를 다시 떠올려 봐도 한심스럽기만 하다. 세심하고 예민한 아이여서 당황도 많이 했을 텐데 큰 강당에서 그저 엄마를 보고 신나 하던 아이를 보며 스스로가 밉고 야속해 참기가 힘들었다.

　큰아이가 막 초등학교 2학년이 되었던 3월 새 학기도 떠오른다. 나는 또 바빴다. 그 무렵도 예외는 아니었다.

한창 엄마 손이 많이 필요하다는, 그래서 워킹맘에게는 위기라는 초등학교 1학년을 무사히 마쳤다. 누구는 휴직하기도 하고, 누구는 결국 퇴사하기도 하는 그 시기를 나는 역시나 태평하게도 잘 지났다고 생각했다. 실상은 달랐다. 아이는 준비물을 제때 준비하지 못했다. 과제도 기한을 놓치기가 일쑤였다.

아직 어렸던 첫째는 그런 엄마가 얼마나 불안했을까?
얼마나 속상한 일투성이였을까?
왜 나는 그때 그런 아이의 마음은 생각하지 못했을까?

아직 채 마흔도 되지 않았던 7년 전, 그때의 나는 또 어떤 마음이었을까? 떠오르지 않는다. 그저 회사, 집, 회사일, 집안일에 몸도 마음도 지쳐서 꾸역꾸역 일상을 해내기에 급급했었던 기억뿐이다. 그러느라 아이의 마음에는 가닿을 여력이 없었다. 그때의 나는 그렇게 주어진 일을 처리하기에도 급급했다. 아쉬운 것투성이지만 다시 그 시절로 간다고 해도 더 잘 해낼 거라고 자신하기는 어려울 만큼 참 고단했다. 문득 그때의 내가 야속하다가도 애틋하다.

2학년 때부터라도 준비물은 늦지 않으리라 나름 큰 다짐을 했다. 첫 준비물 제출 기한인 금요일에 늦지 않게 아이에게 들려 보내려고 미리 준비를 다 마쳤다. 목요일 저녁에 아이와 다음날 준비물 가져갈 이야기를 나누려던 참이었다.

나: "소망아, 내일까지 새 학기 준비물 가져가야 하잖아."

첫째 : "엄마, 난 월요일까지 가져가면 돼."

나: "엥? 안내문에는 금요일까지 가져오라고 되어 있던데? 봐봐, 내일까지잖아."

첫째: "응 맞아. 그런데 나는 미리 선생님께 말했어. 우리 엄마는 너무 바빠서 금요일까지 안 된다고. 그래서 나는 다음 주 월요일까지 가져가기로 했어."

나: "무슨 말이야, 소망아! 엄마가 다 준비했어. 봐, 준비물 여기 다 있잖아!"

첫째: "와, 엄마 정말 고마워!"

지금도 잊을 수가 없다. 감격에 가깝게 환해진 아이 표정이란. 지금은 떠올리기만 해도 울컥하는 그 일에 그때의 나는 허둥지둥 넘어가기 바빴다. 너무 당황하고 부끄러워서 대충 넘어가고 싶었던 것 같다. 참 서툰 엄마였다.

나는 그때 아이에게 미안하다고 사과했어야 했다. 그런 이야기를 하게 만들어서 정말 미안하다고. 그리고 그렇게 선생님께 이야기할 정도로 바쁜 엄마를 이해해 줘서 고맙다고. 진심으로 아이의 눈을 보며 이야기했어야 했다. 아이 마음을 잘 쓰다듬고 보듬어 줘야 했다. 아이가 너무 빨리 어른인 척하게 되지 않도록, 너무 빨리 커버려야만 하게 되지 않도록. 하지만 당황하고 속상해서 제대로 사과의 말도, 감사의 말도 못 하고 어물쩍 넘어가 버렸다.

지금은 조금 달라졌을까. 이제는 그 서툰 엄마의 역할마저도 필요하지 않다고 여기고 있는 듯하다. 엄마 대신, 가족 대신 친구들을 만나러 나가기 바쁜 큰아이를 보며 다행이라고 또 역시나 태평스럽게 내 마음대로 생각하고 있는 걸까? 그래서 언제나처럼, 아니 이제 더 본격적으로, 집중해서 회사 일이나 하자! 라면서 가족들은 다 알아서 하겠거니 하는 마음인 걸까? 집은 잠만 자는 '숙소'가 된 지 오래고, 아이들에게는 가족은 있지만 가족생활은 없어진 지 오래인 듯하다. 나에게는 저녁 시간이 없는 직장 생활이 계속되고 있다.

내게 중요한 것이 과연 무엇일까?

가족들을 외롭게 하고 추운 마음이 들게 하면서까지 이루고 싶은 게 있는 것인가?

그리고 그것은 과연 나의 바람이 맞는 것일까?

오래, 깊이 생각할 여력이 없다며 피해 왔다. 생각할수록 답이 없다고 포기하기 일쑤였다. 하지만 더는 피할 수만은 없다.

또다시 조급증이 몰려온다. 답답한 가슴을 쓸어내리며 침착하자고 숨을 골라본다.

잠시 이 트랙을 벗어나야겠다.

표정 없는 첫째, 틱이 심해진 둘째

"소망아~."

최대한 다정하고 부드러운 소리로 큰아이를 부르려고 신경을 쓴다. 물론 큰아이의 대답은 항상 비슷하다.

"왜?!"

혹시 누군가 이 대화를 듣게 된다면 싸우는 중인가 싶겠지만, 결단코 아니다. 갱년기를 코 앞에 둔 엄마와 사춘기 아들의 일상적인 대화일 뿐이다. 큰아이는 근래 들어 '화'인지 '울분'인지 혹은 '원망'인지 모를 감정이 가득 들어 있는 듯한 소리로만 내 부름에 답한다. 그것도 '네' 혹은 '응'이 아닌 '왜!'로.

큰아이는 북한이 남한을 쳐들어오지 못하게 한다는 그 무섭다는 중2였다. 중2병이 무섭다고들 난리였지만 나는 뭐, 괜찮았다. 큰아이는 초등학교 5학년 무렵 갑자기 키가 자라고 덩치가 커지면서 진즉에 중2도 아닌 것이 딱 중2병 같은 증세를 보인 지 오래였기 때문이다. 무섭지 않다기보다는 내성이 생겼다는 게 맞겠다.

요새 들어서는 '그래, 대답이라도 하니 고맙다.'라고 마음을 고쳐먹었다.

처음에는 저 녀석이 왜 그러지? 나한테 뭐 화가 났나? 부르지 말라는 건가? 등등 오만 가지 생각과 추측이 난무했다. 무안하기도 하고 화도 났다. 무언가 의도가 있다고 혼자서 생각해 버리고 만 것이다. 아이는 아무 생각이 없는데.

비단 아이에게만이 아니었다.

남편이 사과즙을 먹고 그대로 포장지를 거실 탁자에 두었다. 그걸 보고 또 혼자서 생각했다.

'나보고 치우라는 거야?'

아무 의도가 없을 가능성이 더 크다. 그저 다른 생각을 하느라 치우는 데까지 생각이 미치지 못했을 가능성이 훨씬 크다(물론 그걸로도 충분히 화딱지는 난다!). 하지만 나는 그에게 어떠한 '의도'가 있다고 지레짐작했다. 마음이 편치 않다. 생각이 그렇게 먼저 뛰쳐나가지 않게 하려고 마음먹는다. 혼자서 생각하지 않고 내가 바라는 바를 말하려고 연습한다.

"먹고 생긴 쓰레기는 바로 치워주면 좋겠어."

제발 그래 주면 좋겠다고 생각했다. 혼자서 마구 생각해서 화가 나지 않도록. 의도가 있지 않겠지만, 의도가 있다고 지레짐작하고 화가 나는 일이 조금이라도 줄기를 바랐다.

큰아이가 불손(?)하고 반항적인 태도를 보일 때 반응하고 언성이 높아지는 것을 줄이기 위해 내가 선택한 방법은 최대한 함께 있는 시간을 피하는 것이었다. 그즈음의 나도 회사 일을 마치고 집에 돌아오면 남아 있는 에너지가 바닥이 났다고 느낄 만큼 피곤하고 힘들었다. 가장 쉬운, 하지만 참 바보 같은 방법이었다. 아이는 무언가 따뜻한 기운과 관심이 필요하고 그게 충족이 안 되어 더 화가 나고 불안했을 수 있는데. 더 외로웠을 수 있는데.

내가 그러했듯이. 그래서 내가 계속 남편에게 화가 났듯이.

꼭 그래서만은 아니었겠지만, 다분히 나의 회피전략도 한 몫했을 거다. 아이는 점점 표정이 사라졌다. 무기력하게 보이기도 하고 무언가 포기한 후의 표정 같기도 했다. 수다쟁이 모습은 간데없이 말수도 줄어갔다.

'사춘기잖아.'라고 큰아이를 멋대로 규정했다.

그게 내 맘이 제일 편한 방법이니까.

큰아이는 초등학교 저학년 시절부터 여러 가지 '틱' 증세를 보였었다. 한때는 눈을 깜빡이기도 하고 어떤 때는 머리를 흔들기도 했다. 놀란 마음에 여기저기 알아보니 성장통처럼 지나간다고 했다. 오히려 지나치게 관심을 두는 것이 독이라도 했다. 무심한 엄마는 하던 대로 무심히 아이를 지켜보기만 했다. 다행히도 5학년이 지나갈 무렵부터 틱은 눈에 띄게 줄어갔다.

작은아이도 초등 저학년 시절부터 각종 '틱' 증세를 보였다. 큰아이를 통해 체득한 경험이 도움이 되었다. 양상은 비슷하면서도 동작이 더 큰 편이었는데 특히 머리를 많이 흔들었었다. 머리가 아프겠구나 싶을 만큼 앞뒤로 크게 흔들던 때도 있었다. 그러다가 잦아드는 시기도 왔다. 정도의 차이는 조금 있었지만, 큰아이처럼 점점 나아지겠거니 생각했다.

하지만 작은아이는 큰아이가 아니었다. 큰아이는 5학년에 증세가 호전되었다. 하지만 둘째는 달랐다. 5학년 가을로 접어들면서 둘째의 틱은 점점 심해져 갔다.

온몸을 흔들어 댔다. 함께 걷다가는 아이가 넘어지는 것만 같아서 놀라기 일쑤였다. 주변 사람들에게도 점차 눈길을 받았다. 길을 걷다 우연히 만난 지나던 사람까지도 놀라기 시작했다.

어느 날 학교에서 돌아온 아이가 울상이 되어서 말했다. 한 학년 어린 동생들이 '좀비 형'이라고 놀렸다고. 못된 놈들!

그러더니 얼마 후 결국 소리까지 내게 되었다.

"읍 읍!"

정신이 까마득해져 왔다.

익숙한 소리였다.

잊고 지냈던 중학교 1학년 첫 한문 수업 시간으로 영화의 한 장면처럼 돌아갔다.

내가 중학교에 다닐 때만 해도 교실에는 빼곡하게 50명이 넘는 아이들로 가득 찼었다. 내가 다니던 시골 학교도 예외는 아니었다. 30명 남짓한 요새 교실과는 사뭇 분위기가 달랐다. 남녀 공학 중학교였지만 중학교 2학년 때까지는 남녀가 반도 나뉘었었다.

막 중학생이 된, 여자아이들만 가득한 반에 남자 한문 선생님이 첫 수업을 하러 들어오셨다. 교실 문을 들어오는 순간부터 끊이지 않고 소리를 내셨다.

"읍 읍!"

낙엽 구르는 소리에도 까르르 웃음이 터진다고 하는 말을 실감하는 순간이었다. 철부지 50명가량의, 열네 살 여자아이들은 교실이 떠나가라 폭소를 터트렸다. 수업이 다 마칠 때까지도 웃음이 끊이지 않았다. 어지간히도 인상적이었다. 30년도 더 된 일이지만 아직도 선명하게 떠오른다. 교실 앞문을 열고 들어오던 선생님의 얼굴과 표정까지도 잊히지 않은 채 고스란히 남아 있다. 내내 우리 눈치를 살피시지만, 소리를 멈출 수는 없어서 불안이 가득한 눈빛. 떠나갈 듯 교실을 가득 메운 아이들의 웃음소리. 중학교 시절 중 이렇게도 선명하게 기억에 남아 있는 수업 풍경은 몇 없다.

수업을 거듭할수록 우리의 웃음소리는 점차 줄어들었다. 웃음이 줄고 우리의 반응도 수그러들기는 했으나 1학기 동안 선생님이 몇 번의 '읍' 소리를 내는지 세어보느라 수업은 뒷전으로 하는 경우도 종종 있었다. 어찌 그렇게 잔인하게 무례할 수가 있었을까. 무례함보다 재미가 우선인 나이였다. 상대의 상처 따위는 아직 생각하기 힘든, 천진난만함이 지나친 나이였다.

사랑의 매라는 명목으로 매질이 난무하던 시절이었다. 본인만의 기다란 막대기를 질질 끌고 다니던 학생 주임 선생님 모습이 생각난다. 그걸 볼 때마다 공포 영화의 한 장면 같은 기분이었다. 가출한 아이들을 잡아다가 매질하던 시절이었으니까. 막대기는 칠판을 가리키는 용도로 수업에 사용되기도 했으나 우리의 엉덩이나 종아리를 가차 없이 휘두르는 몽둥이로 순식간에 돌변했다. 그러나 한문 선생님은 우리에게 노여운 기색 한번 내신 적이 없었다. 예상했던 반응이었나 보다. 늘 그런 일을 당하신 거다.

그 잊을 수 없는 소리를 둘째에게서 들었다. 눈앞이 캄캄해져 왔다.

코로나가 나아질 기미가 보이지 않은 지 2년여가 되어가면서 내가 지치고 힘든 시기가 겹쳤다고 계속 자책을 한다. 나 때문이라고. 다, 모두 다, 나 때문이라고! 나는 결론을 내려버렸다.

내가 지치고 힘든 사이, 나의 고단함이 고스란히 아이에게로 가서 소리가 되어 터져 나왔구나 싶어 눈앞이 캄캄해졌다.

더 생각할 시간이 없었다. 엄마의 역할에 집중할 때는 많은 것들이 간단해질 때가 있다.
지금이 바로 그 순간이었다.
많은 이유, 생각이 모두 일순간에 사라졌다.

아이의 '읍' 소리와 함께.

결국은 휴직, 나에게 1년을 선물하다

"휴직하겠습니다."

2021년 12월 첫째 주에 내 상사인 상무님께 휴직 의사를 전달했다. 이 회사에 입사한 지 11년 3개월로 접어들던 때였다.

새로 오신 상무님이 회사에 입사한 지 3개월 남짓 되던 때였다. 듣자마자 당혹스러움을 감추지 않으셨다. 말이 3개월이 넘었지, 입사 첫 달에는 상무님의 가족이 코로나에 걸려서 격리 시설에 가셨다가 2주가 그냥 지나버렸다. 이후에는 격리 기간으로 또 마냥 한 달이 지났다. 이후 새로운 한 달도 내내 재택근무 등으로 얼굴을 보기 힘들었다. 겨우 사무실로 출근하고 얼굴을 익혀가던 즈음에 1:1 면담을 신청했다. 상무님에게는 부하 직원이 신청한 1:1 면담이 차차 알아가는 시간일 줄 아셨을 것이다. 예상치 못하게 떡하니 휴직하겠다고 선포하니…. 누군들 당황하지 않았겠는가.

상무님께 이 말을 하기 전까지가 참 많이 힘이 들었다. 새로 오신 상무님과 함께 일하고 싶었다. 서로 합이 잘 맞는 상사와 만나는 일은 생각보다 쉽지는 않은 일이다.

많은 설명이 필요한 상사도 있었다. 오해가 없도록 자주 신경을 써야 하는 상사도 있었다. 이번에는 아니었다. 참 아이러니가 아닐 수 없다. 정말 오랜만에 소위 '결'이 잘 맞는 직속 상사를 만났는데. 하지만 더 이상 일만 생각할 수 없었다. 아니 더 일하고 싶다면 나는 잠시 시간을 두어야 했다.

내가 맡고 있는 영업이라는 업무 특성상 단기 계약직으로 대체할 수 있는 직무도 아니었다. 그러기에는 내 경력이 좀 무겁기도 했다. 회사의 입장에서 본다면 나의 1년간의 휴직은 참으로 무책임하게 생각될 만한 일이었다. 그렇게 내가 아닌 회사 입장으로 꾸역꾸역 참아온 시간이었다. 그렇게 내내 버티던 시간이 나와 아이들을 관통하게 된 것이다. 잠시 누군가에게는 뻔뻔해 보일지라도 그대로 둘 수밖에 없다고 마음을 먹었다.

2022년 첫 근무일에 나의 휴직이 부서 전체에 공식화되었다. 그러면서 여기저기에서 대화를 청하기도 했다. 첫 질문은 어디로 이직하냐였다. 그도 그럴 것이 반도체 호황이 지속되면서 인력이 부족해지고 여기저기로 이직하는 직원들로 회사가 뒤숭숭한 시기였다.

어느 날 회사 영업 부사장님께서 잠시 이야기하자고 하셨다. 부사장님을 알고 지낸 지도 이제 거의 8년이 넘어가니 오래된 인연이었다. 각자 영업팀 내에서도 부서가 달라 얼굴을 맞대며 자주 이야기하기는 쉽지 않았다. 그렇지만 내게는 '형님' 같은 느낌이 큰 분이셨다.

회사를 쉬는 게 아니라 그만둔다고 전해 들으신 듯했다. 첫 질문은 '어디로 가니?'셨다. 어딘가로 이직한다고 생각하신 거다. 내 나이에 휴직한다고는 생각하지는 못하신 거였다. 난 이미 육아 휴직을 쓸 수 있는 시기도 한참은 지난 걸 이미 알고 계시기도 했다.

"집으로 갑니다."

솔직한 마음으로 사실대로 말씀드렸다. 지금 돌아보니 조금은 예의 없고 어이없는 농담처럼 들렸겠다 싶다.

오래 고민했고 힘들게 결정한 뒤라서였었나. 아니면 '형님'처럼, 어떤 때는 '큰언니(부사장님은 남자분이셨지만)'처럼 생각하던 분 앞이라서였을까. 둘째 아이 상태를 자세히 말씀드렸다. 내 탓이라고도 했던 거 같다. 휴직이 아니라 정 안 되면 퇴직도 생각했다고 말했던 것 같다. 두서없는 나의 하소연 같은 설명을 가만히 듣고만 계셨다. 부사장님은 내 이야기를 다 듣고는 짐짓 심각한 얼굴로 이야기를 시작하셨다. 하지만 표정과는 달리 따스한 이야기였다.

"잘했다. 아이들에게 문제가 생기면 이렇게 회사에 다니며 경력을 쌓는 게 다 무슨 소용이니? 모두가 사랑하는 가족들과 행복하게 살자고 하는 일들인데. 아무 소용 없지. 잘했다. 아이들에게 집중해야지. 시간을 낸 만큼 아이들과 시간 잘 보내고 또 보자."

그 누구보다도 일에 진심이고 회사에 열정적인 분이셨기에 뜻밖이었다. 이제는 장성한 쌍둥이 아들 둘을 가진 부사장님이셨다. 아이들을 키운 경험 덕분이었을까. 내가 듣고 싶어 하던 말들로 맘을 다독여 주셨다. 따뜻한 기운이 퍼지고 마음이 조금은 가벼워지던 기분이었다.

이후로도 비슷한 일들은 많았다. 뜻밖의 휴직으로 궁금해하던 사람들이 상황을 전해 듣고는 공감하고 지지해 주었다. 같은 부서 내에서든 타 부서든 크게 다르지 않았다.

마치 세상은 이미 달라졌는데 나만 10년 혹은 20년 전에 살다가 '툭' 하고 현재에 던져진 기분이었다. 모두 현재에, 2020년대에 맞춰 일하고 쉬며 살아가고 있었다. 나만 2000년대 혹은 1990년 상태의 패턴을 그대로 고수하고 지낸 듯한 바보 같은 기분도 들었다. 모두가 알고 있었는데 나만 모르고 있던 것을 이제야 알게 된 것 같았다. 이제라도 알게 된 걸 다행이라고 여겨야겠지. 그렇지만 바보 같은 스스로가 미워서 한참을 괴로워해야 했다. 이런 바보가 엄마라서, 아내라서 미안하고 괴로웠다.

나의 휴직이 부서 내에서 가닥이 잡히기 시작하면서 차차 인사부와도 이야기해야 했다. 내가 좋아하는 발랄하고 유쾌한 J 부장과 차를 마시기로 했다. 나는 이미 육아 휴직 대상에서도 한참은 지난 후였다. 어떤 형태의 휴직이 적합할지도 이야기해야 했다. 하지만 이야기는 오랜만에 만난 서로의 근황을 공유하고 현재를 성토하느라 시간 가는 줄 몰랐다. 무슨 대화를 했는지 어떤 말들이 오갔는지 다 기억이 나지는 않는다. 다만 응원받고 위로하고 또 지지받은 따뜻한 기운만 기억이 난다. 아무리 인사부라고는 하지만 이제 최우선의 가치가 개인의 행복, 그리고 구성원의 가족으로 변한 세상에 이미 맞춰진 듯했다. 그렇게 보이도록 훈련된 고수이기도 하겠지. 이후의 차갑도록 건조한 휴직 절차가 그대로인 걸 보니.

그럼에도 기억에 남는 그녀의 한마디.

"이사님, 알겠어요. 휴직하세요.
그런데 제발 퇴직한다고만 하지 마세요.
꼭 복직하세요! 기다리고 있을게요."

그녀가 직원들의 잦은 이직과 인원 충원으로 지쳐 있었다고 해도 상관없다. 그녀에게 나는 그저 또 새로 사람을 구해야 하는 일거리를 던져 준 대상일 뿐이었다고 해도. 그래서 나온 말이라고 해도 나에게 이런 이유와 배경들은 중요하지 않았다.

그저 누구든 내가 돌아오기를 바라는 사람이 있고 힘주어 내게 그 말들이 전해졌다는 사실만 남았다.

아마도 퇴직 절차와 휴직 절차는 크게 다르지 않을 듯하다. 빼곡하게 적힌 리스트로 반납해야 하는 것들에 대한 안내를 받았다. 아직도 미련이 한가득한지 시원섭섭한 기분이었다. 불안한 마음도 세트로 함께 찾아왔다.

겨울을 시작하며 결정하고 이야기하기 시작한 나의 휴직은 그 겨울이 다 지나고 4월, 봄이 한창일 때 마침내 시작하게 되었다. 하지만 아직도 맘은 여전히 움츠리고 따스한 봄을 만끽하지 못했다. 계속 사무실 내 자리에 오도카니 앉아 있는 듯했다.

시간이 조금 필요하겠지.

늘 스스로 재촉하던 습관을 버리고 찬찬히 봄 햇살을 맞아 보기로 했다. 천천히 음미하고 느껴보기로 했다.

이제까지의 봄과는 사뭇 다를 테니까.

번 아웃이 트렌드라고? 존버는 이제 그만

2022년 4월 1일로 나의 휴직 시작일이 정해졌다. 기간은 딱 1년.

상상으로는 엄청나게 긴 시간처럼 느껴졌다. 길어봤자 일주일 남짓한 휴가만 써 봤으니 확실히 긴 시간이긴 했다. 하지만 지나고 보니, 짧지 않은 시간인 건 맞지만 절대로 길지도 않았다. 이렇게 글로 직접 써놓고 다시 보니.

'이런, 욕심쟁이가 따로 없네.'

휴직 날짜가 정해지자, 마음도 분주해졌다. 공식적인 복직일은 2023년 4월 1일이었다. 하지만 한 치 앞을 알 수 없는 게 인생사 아니던가. 그때 어쩌면 내 마음에는 복직하지 못하고 퇴사할 수도 있겠다는 생각도 컸던 듯하다. 그래도 이상할 게 없다고 굳게 생각하고 있었다. 마흔여섯인 나의 나이가 퇴사한다고 해도 이상하지 않을 만큼 무겁게 다가왔다. 1년이라는 시간 동안 어떤 일이 펼쳐질지도 상상할 수 없었다.

회사 일도 마찬가지였다. 내가 없으면 또 다른 유능한 누군가로 금세 채워진다. 나 없이 안 될 거라는 대책 없는 믿음으로 일하지만, 그럴 수 없는 게 회사 일이고 그래서도 안 되기에. 많이 봐왔고 그래서 잘 알고 있었다. 그런 각오 없이 시작한 게 아니었다.

휴직일이 정해지고 날짜가 다가올수록 그동안 알고 지내던 분들과 꼭 얼굴을 보며 인사를 하고 싶다는 생각에 마음이 조급해졌다. 회사 내부 직원들과 되도록 얼굴을 마주 보며 인사하고 싶었다. 다시 보기 힘들 수도 있으니까. 최대한 명랑한 얼굴로, 산뜻한 표정을 남기고 싶은 마음이 있었다. 솔직한 심정이었다. 고객사에도 일일이 찾아서 얼굴 보며 인사드려야 하는 나만의 리스트가 한가득하였다.

하지만 2월부터는 회사조차 가지 못하는 날이 많았다. 코로나19가 최절정인 시기가 된 것이다. 주변에서도 코로나 확진자가 눈에 띄게 늘고 있었다. 아직 나는 코로나에 걸리지 않았지만, 확진까지 멀지 않았다는 것을 느낄 수 있는 나날들이었다(결국 2월 말 코로나에 걸려 꼬박 앓았다). 고객사 사무실뿐 아니라 공장 방문도 잦았던 나는 인사도 제대로 못 하고 휴직하게 될 수도 있을 듯했다. 중요한 것은(뭐, 대부분이 중요하다고 느끼던 나였지만, 쩝) 절대 전화나 메일로 하지 않는 게 철칙이었는데. 처음 맞이하는 코로나19는 이마저도 바꾸고 있었다.

H, 그녀는 나의 주요 고객사인 G사의 구매팀 담당자였다. G사와 내가 속해 있는 회사는 본사가 있는 미국에서부터 오래전부터 전략적으로 함께 일하며 파트너십을 자랑하는 회사였다. 그런 그녀는 영업 담당인 내게는 아주 중요한 사람이었다. 하지만 나는 나의 고객이기 이전에 씩씩하고 믿음직스러운 느낌의 그녀를 퍽 좋아했었다. 여성이라는 느낌보다는 중성적인 매력을 풍기는 그녀는 대학을 중국에서 졸업해서 중국어, 영어, 한국어까지 능통한, 말 그대로 재원 중의 재원이었다.

물론, 긴급한 일이 발생하면 성격 급한 나보다도 일을 더 신속하고 빠르게 해결하기 위해 몰아붙이는 통에 괴로웠던 기억이 없는 것은 아니었다. 하지만 이런 과정을 함께 겪으며 우리만의 시간이 모이고 끈끈함도 쌓여갔다(라고 굳게 믿고 있다).

반도체 계열의 많은 회사의 구매팀이 서울이나 경기도에 자리 잡고 있다. 그녀의 회사 구매팀은 공장이 있는 충청도에서 함께 근무하고 있었다. 점차 코로나19가 심해지면서 안전상의 이유로 공장 방문이 전면적으로 금지가 되었다. 그녀에게는 꼭 얼굴을 마주하고 인사하고 휴직에 들어가고 싶었는데. 아쉬운 마음이 몹시 컸다.

그런 내 마음이 간절해서 그녀에게 전해졌다고 생각했다. 그녀는 자신의 회사가 위치한 충남 천안에 살고 있었다. 그런 그녀가 내가 사는 경기도까지 오겠다고 했다. 고객사를 방문만 해봤지 내 회사도 아니고 내 집 근처로 고객사가 오다니! 연락을 받고는 들떠서 신나 하던 기억이 선명하다.
당시는 코로나로 너무나 흉흉했던 시기였다. 카페도 식당도 취식이 힘들던 시기였다. 이제는 벌써 기억에서 가물거린다. 그런 때가 있었나 싶게.

　결국 약속 장소는 내 집이 되었다!

　우리는 식사 시간이 조금 지난 늦은 오후에 만날 수 있었다. 달달한 디저트랑 마실 것을 준비하며 설레던 느낌이 아직도 기억난다. 혹여 처음 와보는 내 집 주변, 용인이 낯설고 주소만으로 집을 찾기가 어렵지는 않을까 싶어 마중을 나가 기다리던 순간에 가벼운 흥분도 기억난다. 멀리서 그녀의 흰색 차량이 보여 반가워하던 순간들이 인상적으로 남아 있는, 이제 막 봄기운이 느껴지기 시작하는 2022년 2월 말이었다.

　그런데 그녀가 이렇게 한달음에 달려온 데는 다른 이유가 있었다. 그녀가 3월부터 한 달간 휴가를 간다고 했다.

　'이런, 그러면 4월부터 휴직인 나와는 이번이 정말 마지막 인사가 될 수도 있겠구나.'

　하는 생각에 아쉬운 마음이 들었다. 그녀에게 어떻게 나의 휴직을 전해야 하나 머릿속으로 분주히 정리하던 중이었다. 다시 또 그녀가 말했다.

　"이사님, 저 공황장애 판정받았어요."

이럴 수가! 씩씩한 그녀가, 단단해 보이는 그녀가!

놀랄 수밖에 없었다. 그런데 이후 그녀의 이야기도 그냥 지나칠 수 없는 것들이었다.

"그런데, 내가 휴직한다니까 회사 직원들이 와서 이야기하는데, 저 같은 증세를 보이는 사람이 한두 명이 아닌 거예요."

아, 우리가 모두 너무나 지쳐 있구나.

나만 그런 게 아니었구나.

신체, 정신적 에너지 고갈로 인한 탈진, 직장과 업무에 대한 냉소적인 태도, 직업 효능감의 저하를 특징으로 한다는 '번아웃'은 세계보건기구(WHO)가 국제질병분류 기준에 올린 주요 임상 증후군이 된 지 오래다. 겉으로 드러나진 않기에 쉽게 진단하기도 쉽지 않은 번아웃 혹은 공황장애가 이제는 나 혹은 나의 친구에게도 흔히 볼 수 있는 마음의 감기가 되고 말았다.

낯 모르는 사람들의 안타까운 소식에 마음이 아파졌다. 맡은 바에 열심히 그리고 성실히 시간을 보내는 우리가 이제는 버티다 버티다 하나둘씩 장렬히 전사하고 있구나 싶은 비약까지 생각이 뻗쳤다. 누구는 비약이라고 여길 수 있겠지만 스스로가 흡사 전장에 있는 것 같게만 느끼던 내게는 생생한 현실이었다. 만신창이가 된 몸과 마음으로 나 하나 추스르기도 힘든 상태였던 것이 사실이었다. 그래도 나만 잠시 이 전쟁터를 떠나 긴 휴가를 가는 것 같아 마구마구 저 밑으로 가라앉는 기분이었다.

그래도 어쩌겠나. 회사를 쉬어야지 이생을 쉴 수는 없잖은가.

내가 좋아하는 아티스트, 이지은(아이유) 님이 한 유명 TV 프로그램에 나와서 한 인터뷰를 본 적이 있다.

언젠가 자신을 돌아보다가 그런 생각이 들었다고 했었다. '열심히 살았다고 생각했는데 열심히 한 건 일밖에 없구나.'라고. '열심히 살았다고 할 수 있나.'라는 생각이 들었다고. 일만 하느라 다른 건 열심히 못 했구나. 열심히 산 게 아니라 그저 열심히 일만 했다는 것을 알게 되었다며.

이 멋지고 똑똑한 여성은 삼십 대를 눈앞에 둔 어린 나이에 이렇게 자신에 대해서 알게 되었고 돌아보고 있었다.

언제나 늦되는 사람인 나는 이제야 알게 되었다.

하지만 이제라도 알게 되어 다행이다. 죽기 전에 알게 되었으니 충분했다.

오늘부터라도 열심히 살아보자.
열심히 일만 했던 나는 잠시 넣어둔다.
그저 버티던 나도 잠시만 넣어두자.

2장

내게 주어진

선물의 시간

등교 시켜주는 엄마는 행복하다

집 근처, 걸어서 5분 거리에 초등학교와 중학교가 있다. 두 아이 모두 같은 R 초등학교에 다녔다. 그리고 큰아이가 당연히 바로 옆에 있는 가까운 R 중학교에 갈 줄만 알았다. 초등학교 3학년 때 전학을 왔지만, 3월이어서 크게 걱정하지 않았다. 아니 생각조차 해보지 않았다.

2020년 1월, 큰아이가 배정받은 중학교는 집 근처 R 중학교가 아니었다. 그보다 조금 멀긴 하지만 R 중학교와 비슷한 분위기인 G 중학교도 아니었다. 이 근처에서 가장 공부 안 한다고 소문이 무성했던 S 중학교였다. 걸어서 5분, 10

분 거리인 중학교가 두 군데나 있었는데. 20분이나 걸어야 하는, 생각해 본 적 없는 학교로 배정받았다. 2007년이 황금돼지띠라서 좋다고 계획해서 낳은 것도 아니었는데. 몇 번이나 나를 이렇게 당황스럽게 했다. 그놈의 황금돼지띠!

어린 시절부터 큰아이는 해사하게 잘 웃는 아이였다. 끊이지 않고 어찌나 하고 싶은 말도 많은지. 형제가 함께 있는 자리에서 두 아이는 서로 자기가 말하고 싶어서 난리였다. 순서를 정해서 이야기해야 할 만큼 하고 싶은 말도 많고, 먹고 싶은 것도 많은 밝은 아이였다.

하얗고 동그란 눈이 예뻤다. 종종 큰아이를 좋아한다는 여자아이들 소식을 전해 듣고는 했다. 밝고 맑은 귀여운 아이였다.

큰아이가 초등학교 3학년이 되던 해 3월에 지금 사는 집으로 이사를 와서 쭉 살고 있다. 전학하던 날, 큰아이와 나는 함께 학교에 가던 중이었다. 그때 아이가 단전에서부터 나오는 듯한 한숨과 함께했던 말을 나는 잊을 수가 없다.

"내가 아는 친구가 한 명이라도 있으면 좋겠다."

4년이나 살며 유치원이랑 초등학교 친구들로 가득했던 곳을 떠나왔다. 그게 얼마나 힘든 일인지 나는 잘 안다. 모르는 아이들 앞에 서서 나를 소개하는 그 어색하고 힘든 순간을 나도 너무나 잘 안다. 나는 10살 무렵, 2년이 채 되지 않는 동안 세 번이나 이사하면서 세 번의 전학을 했으니까.

처음 전학을 한 건 내가 아홉 살 때였다. 안양에서 부산으로 이사를 했다. 힘들고 어려운 기억보다는 신기하고 재미있어했던 기억이 더 크게 남아 있다. 아이들은 내 서울말을 배우겠다면서 몰려들었다. 항상 새로운 친구들로 둘러싸여 있었다. 지금 생각해도 당시 탤런트를 닮았다고 생각했던 '김윤희'랑 '이승희'가 떠오른다. 아직도 이름까지 기억하고 있다. 예쁘고 다정한 아이들이었다. 난 채 8개월도 부산에서 살지 못했다. 다시 또 이사한다고 했을 때 아이들은 송별 파티를 열어줬다. 그때 우리 집이 가뜩이나 좁고 산동네라 불리던 곳에 있어서 그랬는지. 이유는 모르겠지만 '김윤희'네 집인 아파트에서 했었다. 몇 명의 아이들이 왔는지 기억도 나지 않는다. 복작복작했고 무언가 선물이 많았다. 이사를 하고 아이들과 헤어져서 슬퍼했던 기억은 없다. 오직 즐거운 파티 기분으로 아이들과 신났었다. 집으로 잔뜩 가져온 선물을 동생들과 엄마와 살펴보던 기억이 있을 뿐이다. 이사한 주소로 편지도 몇 번 받았다.

그렇게 같은 해 다시 충북 증평으로 이사를 했다. 집안 사정이 점점 안 좋아져서 한 이사였다. 나는 여전히 씩씩했다. 하지만 무언가 불안했는지 생전 하지 않던 실수를 했다. 2학년이나 되었는데 화장실에서 차례를 기다리다가 오줌을 싸고 말았다. 부끄러워서 아직도 기억하고 있다. 바지 밖으로 흘러나올 정도로 티가 나는 것도 아니었지만 내게는 아직도 기억하는 부끄러운 일이다. 나는 집에 와서도 엄마에게 말하지 않았다. 어떻게 숨겼는지도 기억에 없다. 다만 당황했던 그때, 더 아무렇지 않으려고 몹시 노력했던 기억만 30년도 더 지난 지금도 어제처럼 기억이 난다.

얼마 되지 않아서 결국 온 가족이 괴산 할머니 댁으로 오게 되었다. 할아버지가 돌아가신 겨울 이듬해 봄이었다. 그때부터는 쭉 이사하지 않고 살았다. 무언가의 여정이 마무리된 것이다. 하지만 나의 아버지는 이후로도 한동안 방황을 하셨다. 고향을 떠났다가 다시 돌아온 것이 실패라고 생각하신 듯했다. 그것도 거의 빈털터리가 되어.

낙천적이고 무던하던 내게도 전학하던 첫날의 어색함과

어디론가 가버리고 싶은 기억이 아직도 남아 있다. 세심한 큰아이는 한동안 떠나온 곳에 대한 그리움으로 힘겨워했다. 이사 후 석 달 정도가 지난 어느 날, 함께 자려고 누운 큰아이가 말했다. 눈물을 참느라 힘들었던 그 말은 아직도 떠올리는 것만으로도 마음이 아프다.

"엄마, 그곳이 그립다. 추억이 너무 많았어.
이럴 줄 알았으면 추억을 그렇게 많이 만들지 말걸….."

그럼에도 시간은 흐르고, 큰아이는 차차 적응하는 듯했다.
그렇게 무난하게 지나가는 줄로만 알았다.

아이가 5학년 때였나. 학교로부터 체육대회에 초대한다는 안내를 받았다. 평일이라서 회사에 휴가까지 내며 찾아간 학교에서 만난 아이는 무리에서 종종 떨어져 있었다. 다른 생각을 하는 듯해 보였다. 멍한 표정을 자주 보였다. 내가 온 것은 안중에도 없는 듯했다.

얼마 후 담임 선생님과 상담했다. 나는 학기마다 있는 연례행사 같은 걸로 생각하고 가벼운 마음으로 학교에 갔다.

큰아이의 담임 선생님은 아이들을 끔찍할 만큼 귀히 여기는 좋은 분이셨다. 그런 분이 건넨 말들이 내게는 비수처럼 가슴에 꽂혔다. 엄마라는 사람이 보지 못하는 아이의 외로움까지도 살피는 분이셨다.

"저는 소망이가 덜 외로웠으면 좋겠어요."

미안함과 부끄러움, 속상함이 섞여서 큰아이를 볼 수가 없었다.

아이는 5학년 무렵부터 키가 거의 170cm 가까이 자랐다.

그때 알았다. 사춘기가 나이가 아니라 덩치로 오는 것을.

키가 커지면서 아이는 갑작스러운 몸의 변화에 당황했다. 나 역시 마찬가지였다. 또래 친구들보다 더 먼저 온 변화에 아이들과도 공감할 수 있는 부분이 적어지면서 더 말수가 없어지고 무표정으로 변해갔다.

그런 아이가 이제는 먼 거리에 있는 S 중학교에 가야 한다. 같은 학교 아는 친구들 이래 봤자 고작 다섯 명 정도나 될까. 복장이 터질 노릇이었다.

'아유 이 조용한 동네에 그나마 다행인 건 R 초등학교와 중학교뿐인데…!'

내가 속상해하는 기색을 보이면 큰아이가 더 불안해지지는 않을까 싶어 표도 못 내고 혼자서 전전긍긍했다. 감정을 잘 숨기지 못하니 표정만으로도 충분히 전해졌을 수는 있겠다. 괜찮은 척하느라 무진 애를 썼다.

하지만 역시 인생은 계획대로 되는 건 아니었다.

가까운데 학교를 두고 먼 곳을 간다고 투덜대며 등교하던 큰아이였다. 그런 아이가 점차 친구들과 가까워졌다. 이사 온 뒤 처음으로 주말에 친구를 집에 초대하기도 했다. 언젠가 가족들이 가진 한 주에 감사한 일 세 가지를 말하는 시간에는 새로운 중학교에 가서 오히려 친구가 많아졌다며 좋아하기도 했다.

휴직하고 함께 저녁 식사를 하는 시간에는 점차 말이 많아지기 시작했다. 큰아이는 학교에서 시험을 잘 봤다는 이야기, 선생님이 자기를 인정했던 일들, 칭찬들에 관한 이야기를 곧잘 했다. 흐뭇한 이야기들이었다. 하지만 아이는 부모가 듣고 싶어 하는 일들만 말하고 있었다. 나는 아이의 힘든 점, 어려운 일들을 더 듣고 싶었지만. 아이는 늘 같은 이야기만 했다. 좋은 일, 칭찬받은 일, 기분 좋은 일화들….

아이가 유일하게 본인의 모습을 감추지 않고 드러내는 시간은 아침이었다. 늘 잠이 부족한 상태로 여러 번을 깨워야 겨우 잠에서 깼다. 방에서 나와서도 차린 아침에 바로 손을 대지도 못했다. 잘 잤냐는 인사에도 대충 대답했다. 화장실에 들어가면 하세월이었다. 지각을 겨우 면할 만큼의 속도로 준비했고 내가 대신 안절부절못했다.

함께 차를 타고 가는 동안에는 각종 불만을 쏟아냈다. 뭐가 그렇게 속상한지 "엄마는 신경도 안 쓴다.", "내가 몇 번을 말했는데 듣는 척도 안 한다."라면서 쉬지 않고 말을 토해내기도 했다.

나는 아이의 기분을 최대한 다치지 않게 등교시키려고 끓어오르는 화를 삭였다. 10분 남짓한 짧은 시간이지만 치밀어 오르는 화를 녀석에게 쏟아내지 않으려고 각고의 노력으로 정신줄을 부여잡고 있어야 했다.

그때 아이의 모습이 가장 솔직한 모습이기 때문이다. 결국은 이런 모습을 어딘가에는 풀어내야 하는 법이니 그게 '나'라서 다행이라고 마음을 다잡았다. 아차 하는 순간에는 나도 모르게 '버럭' 하고 소리를 지르고 싶은 맘이 굴뚝같았다.

결국, 나의 기억으로는 두 번(큰아이의 기억에는 몇 번일지 아직 확인할 엄두가 나지 않는다), 참지 못하고 소리를 '빽' 질렀다. 역시 참는다는 건 쉬운 일이 아니다.

오후에 집에 오는 아이는 또다시 세상 다정하고 착한 모습으로 말짱히 돌아와 있다.

나는 휴직 기간 내내 일삼아 열여섯 살 중학생 남자아이를 매일 아침 차로 등교시켰다. 그렇게 풀어내는 마음과 함께하는 시간이 쌓여갔다.
사춘기가 끝나가는 시기였을 수도 있다.
나만 그 아침, 우리가 함께 보낸 시간 덕분이라며 흐뭇해하는 것일 수도 있다.
뭐가 되었든 상관없다.

점차 그 해사하고 밝은 수다쟁이가 다시 찾아왔으니까.

간식 챙기기가 이렇게 재미질 줄이야

"엄마, 언제 회사 그만두고 나랑 같이 학원 갈 거야?"

둘째가 초등학교 2학년 때였던 거 같다.

어느 날부터 둘째 녀석이 졸라댔다. 엄마는 언제 나랑 같이 학원에 갈 거냐고 물어댔다. 잊을만하면 다시 보챘다. 학교에서 하교를 기다렸다가 학원까지 같이 걷는 친구 엄마들이 적잖이 부러웠나 보다. 언제 회사 관두고 나랑 같이 학원까지 갈 거냐고 몹시도 졸라댔었다.

뭐라고 둘러댔는지 기억이 나지 않는다.

"엄마도 그렇게 하고 싶은데 그러지 못해서 미안해."라고
했었나?

되짚어 보니 "1년 뒤에는 그렇게 할게."라며 지키지도 못
할 약속을 했던 거 같기도 하고. 돌아보면 볼수록 나는 참
대책 없는 엄마였다.

기억에 선명하게 남아 있는 건 중요한 회의가 있던 어느
날이다. 둘째가 하도 전화를 많이 해서 전화를 무음으로 바
꿔두었다. 그날 회의가 새로운 분기를 여는 중요한 회의였
던 거까지도 기억이 난다. 마침 곧 내 발표가 시작되려던 참
이어서 긴장이 최대치였던 나의 상태도 기억이 난다. 나에
대해서는 이렇게 세세하게 기억하면서 아이와의 통화가 기
억나지 않는다니. 정말 못 말리게 한심스러운 엄마구나 싶
어 귓불이 뜨끈해진다.

그렇게 회의를 마치고 확인한 휴대전화에는 둘째로부터
56통의 부재중 전화가 찍혀 있었다. 이후에 어떻게 둘째를
달래고 이야기를 들어주었는지 기억이 나지 않아서 애가 탄
다. 혹시 내가 소리 지르며 화를 낸 것은 아닐까? 화까지는
아니더라도 원망을 담아서 너 대체 왜 그러냐고 했었나? 그
러고도 남았을 것 같아서 몇 년이나 지난 일인데도 입술이

바짝 마른다.

   내 휴직 날짜가 정해지고부터 둘째 아이는 친한 친구와의 파자마 파티 계획부터 잡았다. 파자마 파티라고는 하지만 친구 한 명을 초대하는 게 다였다. 그래도 상관없어 보였다.

   둘째는 금요일 밤, 집에서 제일 작은 자기 방에서 친구와 뭘 할지를 꼬박 2주를 계획했다. 저녁을 먹고는 둘이 함께 유행하는 포켓몬 빵을 사겠다며 인근 편의점에서 한 시간가량을 기다렸다가 오기로 했다. 평소에는 하기 힘든 일이었다.

   다 큰 녀석들이 같이 거품 목욕도 했다. 초등학교 6학년이지만 아직도 어린 티를 못 벗었다. 남편은 그런 둘째를 걱정 가득한 눈으로 바라보지만 나는 아직도 어린애 같기만 한 순수한 둘째가 좋다. 그맘때의 나는 어른 흉내를 내느라 머리에 무스도 바르고 어려운 책도 막 읽는 척하느라 바빴는데…. 여전히 마냥 어린애 같은 둘째가 이 모습을 누릴 때까지 누렸으면 하는 마음이다.

   내가 휴직을 시작한 지 얼마 후부터였다. 주말까지 포함해서 일주일, 7일 중 5일은 둘째 녀석의 친구들이 집에 왔다. 때로는 한 명, 어떤 때는 두 명 그리고 일주일에 하루, 수요일에는 아예 정해두고 네 명 정도의 친구들을 데리고 집에 왔다.

열세 살, 초등학교 6학년 아이들이 네 명이나 집에 올 때는 정신이 하나도 없다. 아이들로 북새통을 이루어 가뜩이나 넓지 않은 집이 발 디딜 틈 없이 좁게만 느껴졌다. 여자아이들은 거실 텔레비전에 유튜브를 연결해서 오락 프로를 봤다.

둘째를 비롯한 남자아이들은 모여서 포켓몬도 잡고 게임도 하느라 정신이 없었다. 그러면서도 거실 탁자에 모두 한가득 학원 교재를 꺼내 놓고 숙제도 했다. 누군가 틀어놓은 노래가 마음에라도 들라치면 다섯 명의 아이가 갑자기 '떼창'을 했다.

그야말로 '파뤼타임!'이었다. 정신이 쏙 빠지는, 난리도 이런 난리가 없는 '난리 부르스 파뤼타임!' 다음 학원 일정 등으로 길어봐야 한 시간 반 정도였다. 나의 역할은 오직 하나, 맛난 간식만 챙겨주면 끝이었다.

자주 아이들이 오다 보니 둘째와 친한 친구가 누구인지, 친한 여자 사람 친구(둘째는 여자친구가 아니라고 강조하지만)는 누구인지, 친구들과 어떤 대화를 하는지, 친구들과 함께할 때의 둘째는 어떤 모습인지 세세히 알 수 있었다.

간식을 차려주고 얻을 수 있는 값비싼, 고급 정보인 셈이었다. 쏙 빠져버린 내 정신만 잘 추스르면 되었다.

둘째가 이렇게 하루가 멀다고 친구들을 집으로 데리고 오는 게 큰아이에게 슬쩍 눈치가 보였다. 그래서 큰아이에게도 친구를 데리고 오라고 제안했다.

"굳이?"

라며 거절했다. 세상에서 자기 방을 제일 좋아하는 큰애는 혼자 있는 시간이 좋단다.

다행이었다.

그러더니 어느 순간 여자친구를 데리고 와도 되냐고 슬며시 내게 물었다. 큰아이는 또래보다 일찍 키가 자란 탓인지 벌써 두 번째(내가 알기로는 세 번째!) 열애 중이었다.

여름 방학 전에 수학 학원을 바꿨더니 화요일, 목요일에는 검도에 갔다가 바로 수학 학원에 가야 했다. 오후 5시 반에는 이른 저녁을 먹고 집을 나선 지 한 달 정도 지났을 때였다.

학원은 밤 11시가 되어서야 마쳤다. 함께 검도에 다니는 여자친구는 종종 우리 집까지 와서 '굳이' 함께 학원 차를 타고 검도장으로 갔다. 큰아이 저녁상에 숟가락 하나 더 놓는다고 생각하고 일주일에 한 번씩 저녁을 같이 먹기로 했다.

큰아이는 까탈을 부리며 여자친구와 저녁을 먹을 때 둘째와는 같이 안 먹겠다고 했다.

'그래, 당연히 그런 마음일 수 있지.'

가뜩이나 말도 많고 궁금한 것도 많은 둘째였다. 큰아이 여자친구는 그런 둘째 녀석이 몹시 부담스러울 수 있었다. 이미 몇 번 만나면서 경험도 했던 터였다.

저녁 식사를 두 번 혹은 세 번씩(집돌이 남편 님도 거의 집에서 저녁을 드시는지라) 차리게 되었다.

큰아이 먹는 상에 숟가락 하나만 더 놓는다는 계획도 힘들어졌다. 큰아이의 여자친구가 못 먹는 게 생각보다 많았다. 토마토 알레르기가 있다는데 토마토스파게티를 만들기도 하고(다행히 익힌 것은 먹는다고 해서 겨우 넘어갔다), 싫어하는 청국장을 온 심혈을 기울여 준비하기도 했다. 카레, 떡볶이는 물론이고 스테이크나 돈가스 덮밥, 마파두부 덮밥…. 큰아이보다 여자친구를 위한 식단을 준비해야 하는 게 반년이 넘다 보니 슬슬 스트레스가 되기도 했다.

그래도 여자친구가 오는 날은 큰아이 방에서 향수 냄새가 잔뜩 풍겼다. 사춘기 남자애 특유의 냄새로 가득한 방이 향수 냄새와 짬뽕이 되었다.

그나마 맡아 줄 수 있는 냄새가 나기도 하고 더 맡아 주기 힘든 냄새가 나기도 했다. 내내 덮어만 두던 피아노도 뚝딱거리는 날이 되었다. 가만가만 조용히 속삭이는 모습도 보였다. 볼 때마다 낯설었다.

'냅다 소리를 지르지 않고 다정하게 낮은 소리로 이야기하는 너는 누구냐?!'

그래도 큰아이는 그 다정한, 평소 보기 듣기 힘든 목소리로 꼭 내가 차린 저녁 식사에 맛있다고 이야기해 주었다. 고마운 마음을 그렇게나마 전했다. 그걸로 족했다.

2022년 연말이 다가오면서부터 회사에서는 나의 복직 날짜며 자리에 대해서 논의가 시작되었다. 업무야 크게 우려가 되지 않았지만 시기는 조금 조정을 해야 할 수도 있을 듯했다. 가족들과 다 같이 저녁 식사하는 시간에 조심스럽게 아이들에게 물어보았다.

엄마가 한두 달 정도 일찍 복직해도 되겠느냐고?

큰아이는 어깨를 들썩이며 상관없단다.

'치, 거짓말.'

내가 휴직하고 집에 있는 시간이 늘면서 제일 큰 변화가 느껴진 건 큰아이였다. 말도 많아지고 특유의 러블리한 미소도 이제는 자주 볼 수 있었다. '솔직히 말하기 쑥스럽다는 거군.' 하며 괜히 나 혼자 흐뭇해했다.

둘째가 말했다.

"난 엄마의 관심만 있으면 돼."

그 말을 듣자마자 '아이코 이를 어쩐다.' 하는 마음의 소리가 절로 들렸다. 큰아이는 그런 둘째에게 '관심 병자(타인에게 관심을 받고 싶어 하는 욕구가 병적인 수준에 이른 상태를 나타내는 신조어)'라며 놀려댔다. 작은아이가 손사래를 치며 다시 또박또박 제대로 알아듣게 말했다.

"아니 관심 말고 '간식' 말이야! 난 엄마의 간식만 있으면 돼!"

'와우! 정말 그러니?'

내가 휴직 동안 제일 열심히 시간을 쓴 건 간식 차리고 밥 차린 거였는데, 둘째의 말에 훨훨 날아갈 것만 같았다.

오랜만에 만나 식사하던 자리에서 회사 동료가 물었었다. 휴직 기간에 특별히 기억에 남는 게 뭐가 있냐고. 휴직 기간 내내 누구에게 자랑할 만한 이렇다 할 큰 이벤트가 없었다. 그리고 그런 것에 크게 욕심도 나지 않았다.

매일매일 열심히 간식이랑 밥 준비했던 게 가장 기억에 남았다.

아이들이 돌아올 때 시간 맞춰 간식을 차려두고 싶었다.

밤늦게 시험 준비하는 아이 방에 간식을 넣어주면서 열심히 하라며 잔소리 비슷한 것도 한번 해 보고 싶었다. 시험에도 언제나 쿨내 진동하며 '그냥 봐! 괜찮아.'라며 기운 빼던 엄마 대신에, 아이가 중요하게 여기는 것들에 같이 마음을 졸이고 싶었다.

돈이 다 무슨 소용인가?

하루하루 눈을 떠서 눈 감는 순간까지 나는 하고 싶던 모든 걸 다 하고 있었다.

돌아보니
매일이

성공한

인생이었다!

로망 실현, 평일 오전에 요가 하는 여자!

공식적인 휴직의 시작은 2022년 4월 1일 금요일부터였다. 첫날은 여느 때 하루 이틀씩 내던 휴가와 다를 바가 없었다. 더구나 금요일이었으니 감흥마저 더욱이 새로울 필요가 없었다.

주말을 보낸 후 처음 맞는 월요일이 되었다. 다시 조급증이 몰려오기 시작했다. 이틀째인데 무언가라도 해야 할 거 같은 기분! 휴가인 듯 휴가 아닌 듯 한 첫 월요일을 무얼 할지 모르고 허둥대다 지났다.

다음 날, 날이 밝자마자 멀지 않은 중학교에 다니는 큰아이를 굳이 차로 등원해 주었다. 근처에 뭐가 있나 살펴볼 요량이었다. 처음 보이는 요가원 간판이 보이자마자 냉큼 들어가 무료 체험 신청을 했다. 체험해 본 뒤 시간을 두고 결정할 생각이었다. 거의 9개월 넘게 아무 운동도 하지 못했었던 터라 체력이 많이 떨어져 있었다. 게다가 마음마저 지칠 대로 지쳐서 무엇이든 시작하기에 아직은 용기가 필요했다.

무료 체험은 예상보다도 더 힘들고 어려웠다.

'바로 시작할 수 있을까?'

스스로에 대해 조금 걱정스러운 마음이 들었다. 일, 이 주 정도는 더 쉬면서 계획을 세워보자고 짐짓 혼자서 정리했다.

오랜만의 요가 수련 후, 편안한 인상으로 무장한 요가원 원장님과 잠시 차담 시간을 가졌다. 하지만 차를 마신다는 것은 핑계에 불과했다. 신규회원 유치가 주요 업무인, 프로페셔널한 원장님과, 차담을 가장한 상담이었다. 이를 마치고 나니 어느새 내 손에는 6개월 치 수강료를 지불한 카드 명세서가 떡하니 들려져 있었다.

'계획에 없던 오전 요가라….'

회사에 출근하면서는 절대로 할 수 없는 것 중 하나긴 했다. 평일 요전에 요가 하는 전업맘들을 몹시 부러워하던 때도 기억났다.

그래, 휴직하고 시간도 많을 텐데 숙련자투성이라는 명성이 자자한 오전 요가에 한 번 도전해 보자! 일주일에 2번이라도 가자고 매번 다짐했던 지난 시절 나의 저녁 요가도 생각났다. 그렇게 일단 오전 요가를 시작해 보자고 마음먹었다. 휴직 기간, '일단 해보자 프로젝트' 중 제일 먼저 오전 요가가 등재되는 순간이었다.

나는 휴직을 하기 전해인 2021년에 요가 강사 자격증을 땄다. 요가를 시작한 지는 3년 차에 접어들었었던 때였지만 잦은 출장과 바쁜 업무 핑계로 제대로 수련하지 못했었고 아직 요가를 잘 알지도 못하는 상태였다. 당연히 요가 자세는 초보 수준을 벗어나지 못했었다. 그저 뭐라도 하지 않고는 버티기 힘들어서 큰 용기를 낸 것임을 슬그머니 고백한다. 다들 말리는 도전이었다.

그럼에도 불구하고 획득한 자격증을 누구에게도 자신 있게 말하지 못하는 이유는… 하필 가장 바쁘고 정신없던 시기와 맞물려(돌아보니 내게 안 그런 시기가 있었나 싶기는 해서 씁쓸하다만) 시간과 노력을 원하는 만큼 들이지 못했기 때문이다. 주중에 에너지를 모두 일에 소진하다시피 하고는 토요일마다 8시간씩 4개월에 걸쳐 진행된 코스에 허덕였다. 함께 수업을 듣는 동기들을 따라가려고 부단히도 애쓰던 기억만 난다.

결국, 덩그러니 책장에 꽂히는 종이 쪼가리 하나가 늘어난 것에 불과하게 되었다.

예상대로(혹은 그보다 더!) 오전 요가 수업에는 놀라울 정도로 정확하게 고난도의 아사나(몸으로 하는 요가 자세)를 구사하는 숙련자투성이였다. 처음 한 달쯤까지는 수업 마지막에 사바 사나(누워서 하는 이완 자세)를 할 때면 거의 그로기 상태로 잠들기 일쑤였다. 흑! 하고 놀라 눈을 떠 보면 이전 수강자들은 모두 나가고 다음 수업을 부지런히 준비하며 스트레칭 하는 수련자들과 함께였던 적도 부지기수였다. 같이 오전 수련을 하던 다른 숙련자들은 요가를 마치고 다시 수영, 골프 혹은 폴 댄스까지 하러 부지런히 나서곤 했다.

반면 나는 온몸이 땀으로 범벅이 되어 수련 중에도 연신 매트 바닥에 떨어지는 땀을 닦느라 정신이 없었다. 수련 후에는 흡사 망나니 저리 가라 하게 헝클어진 머리를 제대로 추스르지 못하는 상태가 한동안 계속되었다. 어린 시절부터 낮잠은 아플 때만 하는 큰 이벤트 중 하나였는데 오전 요가 후에는 까무룩 낮잠을 자는 일이 잦았다. 힘이 많이 부쳤다. 하루가 요가로만 채워지는 기분이었다. 효율성을 최우선 가치로 두며 늘 여러 가지를 최대한 빠르게 해내는 것에 나만의 자부심을 느끼는 나였다. 하지만 그 어느 때보다도 요가로만 가득한 그 하루하루가 마음에 들었다. 『내가 누구인가라는 가장 깊고 오랜, 질문에 관하여』의 저자 사콩 미팜의 다른 책, 『마음에 대해 달리기가 말해주는 것들』에서 만난 인상적인 글귀가 떠오른다.

"속도를 중시하는 현대 사회에서 우리는 무엇에도 몰입하지 않는 것 같다.
이렇게 속도를 쫓으면 붕 떠서 사는 느낌을 받게 된다.
무엇을 경험하든 온전히 느끼지 못한다."
– 사콩 미팜, 『마음에 대해 달리기가 말해주는 것들』

깊게 집중하고 시간을 들여 몰입하기보다는 빠르게 여러 일을 처리하는 데 급급했었다. 작은 시작이지만 온전히 내 몸에 집중할 수 있는 시간을 통해 마음 가득 충만함이 느껴졌다. 더불어 몸을 움직이니까 내가 살아 있다는 사실을 쉽게 알 수 있었다. 오른쪽 골반이 불편하고 힘이 들어가지 않는 배가 신경 쓰였다. 단순한 몸의 느낌으로 내가 살아 있다는 사실이 새삼스러웠고 또 감사했다.

이왕 시작한 오전 요가이니 나름대로 최선을 다해서 집중하던 어느 날이었다. 수업을 거의 다 마칠 즈음에 M 강사께서 조용히 다가와 내 귀에다 대고 속삭였다.

"너무 열심히 하지 마세요!"

이후 "무리가 가지 않는 선까지만 하세요." 등등 몇 마디를 더 내게 건넸지만, 첫 문장이 뇌리에 박혀 떠나질 않았다.

나의 평소 행동 패턴이 요가하면서도 그대로 적나라하게 보인 것이다. 일할 때도 마찬가지였으리라. 무리하면서 '너무' 열심이었다. 면담을 신청하고 휴직이 안 되면 퇴사도 고려 중이라고 했을 때 나의 매니저도, 회사에서도 내게 보여준 기대를 넘어선 호의(?)를 얼마나 감사하게 생각했던지. 지나고 보니 회사 입장에서 나는 정말 가성비가 좋은 노예(라고 하고 싶지는 않으나)였다. 항상 무리하니까. 회사가 요구한 이상의 에너지를 쏟아부으니까. 하지만 그 결과는 고스란히 나와 소중한 가족 몫이 되어 결국, 긴 휴식이 필요한 현재가 되었다.

다음 M 강사님의 수업에서였다. 이번에는 수업 초반에 가만히 가부좌하고 호흡하던 내게 다가와서 배를 손으로 쑥 뒤로 주저앉히며 말씀하셨다.

"회원님은 본인이 생각할 때 너무 주저앉은 게 아닌가 싶을 정도로 배에 힘을 빼고 앉으세요. 그게 바로 다른 사람들 경우에는 제대로 앉은 거예요. 너무 꼿꼿이 허리를 세우고 있어요. 힘을 한참 더 빼셔도 돼요."

나만 나에 대해서 잘 몰랐던 걸까. 힘을 주어 꼿꼿하게 곧은 자세로 등을 세운 나를 보며 모두가 알고 있었던 걸까. 지나치게 힘이 들어가 있다는 걸. 필요 이상으로 에너지를 쓰고 있다는 걸. 이렇게 긴장하고 힘을 쓴 이유는 뭘까. 나에게 부끄럽지 않게 최선을 다하고 싶다고 늘 생각했었다. 하지만 너무 주변을 돌아보지 않아 내가 어떤 상태인지 제대로 인지하지 못한 것이었던가. 아니면 너무나 주위를 의식한 나머지 최대한 바르게 당당하게 보이고 싶어 무리하고 있었던 것일까. 나의 주의를 내가 아닌 외부로만 향하고 있던 탓일까. 그래서 나는 내가 어떠한 상태인지 잘 모르고 있었던 걸까.

나는 이 나이를 먹도록 이다지도 나에 대해 무지했었구나 싶은 자괴감이 몰려왔다.

강사님은 또 말씀하셨다.

"수업을 열심히 하는 건 정말 좋아요. 하지만 우리에게는 열심히 살아야 할 남은 하루가 더 있어요. 여기에 모든 에너지를 다 소진하면 안 돼요."

나는 왜 그렇게도 어리석었을까. 나에게는 열심히 시간을 쏟아야 하는 소중한 사람들과 역할과 공간이 더 있었는데 왜 그렇게도 모든 에너지를 '회사와 일'에 탕진하고 있었을까. 왜 그렇게도 일이 내게 가치 있는 일이 되었을까? 내게 요구하지 않고 묵묵히 곁을 지키고 있는 소중한 사람들에 대해서 너무 무심했던 지난날이 먹먹한 아픔으로 다가왔다.

"자신을 독려하지 않으면 성장할 수 없지만, 노력이 지나치면 퇴보한다.

현재의 위치와 하는 일에 따라 한계라는 것도 변화한다. 그런 의미에서 현재의 순간은 항상 일종의 시작이다."

– 사콩 미팜, 『마음에 대해 달리기가 말해주는 것들』

그럼에도 이런 나를 안쓰러운 마음으로 안아주기로 한다.

주어진 일을 허투루 하지 않으려 늘 동분서주하며 애썼던 나를, 맡은 일에는 영혼까지 끌어와서 애면글면하던 나를.

빠르게 달리지 않으면 소중한 기회와 시간을 누군가 채 갈 듯 숨 졸이던 나를.

현재의 순간을 다시 또 시작점으로 여겨본다.

2주 만에 찾은 여유

휴직 후 2주 만에 슬슬 하루의 일과가 잡혀가기 시작했다.

7시에 알람 소리에 맞춰 잠에서 깼다. 이내 알람 소리가 없어도 슬며시 7시 정도에는 눈이 떠지기 시작했다.

회사에 다니던 시절에는 5시에 일어나곤 했었다. 일종의 미션을 클리어하는 것처럼 여겼었다. 일찍 일어나서 바라보는, 아직은 어둑한 거실 창밖의 공원 풍경이 그리도 좋았다.

'그 누구보다도 일찍 일어났어. 아직도 무지 졸리지만.

오늘 하루는 내가 다른 누구보다도 먼저 시작했어.

아, 뿌듯하고 기특하다, 너!'

그런 마음이 있었다. 무언가 작더라도 일상의 성취감이 절실했었다. 돌아보니 어떻게든 회사 생활을 버티고 나를 지켜보려고 했던 몸부림이었다.

여름에는 5시에 눈을 떠서 그대로 요가 매트만 챙겨서 집 앞 공원에 가기도 했다. 1시간 정도 요가를 했다. 요가를 마치고 누워서 밝아져 오는 하늘을 바라보는 게 좋았다. 공원을 잠시 걷기도 했다. 이른 새벽의 공원은 내가 생각하는 것보다 훨씬 붐볐다. 6시가 되기 전에 서둘러 집으로 왔다. 막 잠자리에서 일어난 차림새가 부끄러울 정도로 이른 아침을 부지런히 맞이하는 사람들로 가득했기 때문이다.

집을 나서지 않을 때는 도서관에서 잔뜩 빌려온 책을 읽기도 했다. 언제나 읽어야 하는 책은 넘쳐났다. 새벽에는 활자가 나를 향해 달려와 와락 안기는 기분이었다. 그 어느 때보다 글이 꽂히는 기분이 참으로 좋았다.

6시부터는 나의 오랜 숙명과도 같은 영어를 공부했다. 그저 무작정 책을 하나 외우기로 마음을 먹기도 하고 그게 지겨워지면 단어 책을 공부하기도 했다. 꾸준히 하지는 못해

결과가 뚜렷이 있지는 않았다.

　돌아보니 나는 일찍 일어나는 내가 좋았다. 그 시간을 알차게 보내지도 못했고 피로감만 더하던 경우가 많았다. 하루 일찍 일어나면 그만큼 더 일찍 잠자리에 들어야 하는데 그러지 못하는 일상도 새벽 기상을 지속하기 힘든 이유 중 하나였다.

　휴직하고도 새벽에 일어나려고 시도해 보았다. 하지만 단한 번도 일어나지 못했다. 절실함이나 절박함이 없어서였을까.
　그보다, 이제 나는 종일, 시간 시간마다 소소한 성취감으로 하루를 채울 수 있었다. 그래서 굳이 이른 새벽잠을 설쳐가며 일어날 필요를 느끼지 못했다.
　그만큼 안정감이 느껴지는 날들이었다.

　7시에 일어나면 얼른 미온수를 한잔 마셨다. 아직 비몽사몽인 세포들에 물줄기를 선사하는 기분으로 찬찬히 물을 넘겼다. 그리고 볶아 둔 원두를 간다. 딱 한 잔 먹을 만큼의 물을 포트에 올린다. 이내 집안이 가득 커피 향기로 채워진다.

7시 30분까지 두 아이의 아침을 준비한다. 남편은 간헐적 단식을 하겠다며 아침을 생략한 지 오래다. 나 역시 오전 요가 가기 전에는 공복이 편하다.

요요 아침 식사 메뉴가 참 중요하다. 애들이 일어나자마자 먹기도 편하고 영양도 좋은 걸 매일 궁리했다. 소시지 빵을 제일 좋아하지만 나는 죽이라도 쌀을 먹이고 싶다. 매일은 안 되니 일주일에 한두 번이라도 먹이려고 애쓴다. 야채죽, 참치죽, 미역죽, 전복죽. 요리조리 돌려가며 내가 먹이고 싶은 걸 다 때려 넣었다.

'아, 오늘 아침에는 건강하게 먹였구나!'라고 느끼는 뿌듯함이 생각보다 쏠쏠했다.

휴직 전에 나는 7시 30분 전에 이미 출근길에 올랐다. 가는 길에 따뜻한 '오늘의 커피'를 한잔 픽업해서 '후후' 거리며 마시는 게 출근길 루틴 중 하나였다. 땀도 많으면서 여름에도 차가운 커피에는 손이 가지 않았다. 아, 그러고 보니 이건 마흔다섯을 넘어가며 생긴 노화의 산물인가 보다. 흑.

늦어도 8시 전에는 사무실에 도착하는 걸 좋아했다. 아무도 없거나 혹은 출근한 사람이 드문 고요한 사무실에 들어가는 게 참 좋았다. 이도 소소한 성취감 중 하나였었던가.

내가 그렇게 일찍 출근한다는 건 아이들이 미처 일어나기도 전에 아침만 차려놓고 나온다는 의미였다. 아이들 등교 준비는 아빠인 남편의 몫인 지 오래였다. 그래서 아이들이 어떻게 하루를 시작하고 맞이하는지 알 길이 없었다.

집에서 종종 오전 8시부터 미팅에 들어가야 하는 날들도 많았다. 나는 거실 한 귀퉁이, 창가에 있는 커다란 탁자에 자리를 잡았다. 이런 날은 아이들이 소란스러운 소리를 내지 말고 조용히 등교 준비를 해야 했다. 나는 손짓으로만 인사를 하고 조용히 하라고 연신 검지를 입에 가져다 대며 회의에 참석해야 했다.

사소한 것들은 모두 생략되었다.

오늘은 어떤 기분인지. 밤새 잠은 잘 잤는지. 오늘 아침 몸 상태는 괜찮은지. 아이들 옷이나 머리매무새가 눈에 들어올 리 만무했다. 다정한 말들과 인사를 생략한 아침을 맞이하며 지낸 지가 너무 오래였다.

나는 아침에 아이들과 마주하는 시간의 소중함을 모르고 살았다.

그저 내 일터에서의 하루를 일찍 시작하는 데에만 집중하고 살았다.

참 바보처럼 살았다.

아이들을 깨운다. 최대한 나긋나긋한 목소리로.

밤새 잠은 잘 잤는지. 몸은 괜찮은지. 둘째에게는 뽀뽀도 한다. 큰아이는 이미 진즉에 질색하여 포기한 뽀뽀다. 둘째 에게는 하기 싫다고 할 때까지 할 테다.

중학교 3학년인 큰아이는 제시간에 깨워 아침을 먹이기만 하면 이후로는 일사천리다(8시 전에 일어나지 않는다는 큰 함정이 있기는 하지만). 초등학교 6학년 둘째는 질문도 많고 주문도 많아 아침 시간이 분주하다.

"엄마, 나 오늘 뭐 입지?"

"엄마, 빗 어딨어?"

"엄마, 여기 사인해야 하는데 잊고 있었다. 얼른 해줘."

나도 여기에 맞춰 부지런히 서둘러 준다.

한 블록 거리에 있는 중학교에 다니는 큰아이를 굳이 차를 태워 등교시킨다. 그 덕에 가는 십여 분 동안은 오롯이 큰아이와 나만의 시간이다. 물론 아이는 대부분을 아침의 짜증을 온몸으로 때로는 말로 고스란히 전해주고 있지만. 늘상 좋은 모습만 보여주려 어른스러운 말만 하던 아이라서 이런 낯선 아이의 모습조차 고맙다. 여태 마음 그대로의 상태를 보여줄 만큼 일상을 공유하지 못했던 것 같아 미안함도 크다.

큰아이 등원을 마치면 이제부터는 본격적인 나의 시간이다.

아이 학교 앞 별다방에 사이렌 오더로 주문한다. 개인 컵옵션을 선택해 오늘의 커피를 주문하고 2층에 있는 커다란 테이블 한 켠에 자리를 잡는다. 10시 50분 요가 수업 전에 글도 쓰고 책도 읽고 필사도 하고 영어도 공부하고. 하고 싶은 거 다 하며 혼자만의 시간을 누린다.

어느 날 책을 읽다가 잠시 창밖을 보는데 입에서 그저 말이 흘러나왔다.

"아, 행복하다."

지금, 이 순간이 행복했다.

마음에 걸리는 것이 아무것도 없었다. 너무 많은 이유로 가졌던 다양한 불안함도 없었다. 잔잔한 호수 같은 일상이, 별거 없는 지금이 행복해서 그저 마음에 있는 생각이 말로 흘렀다.

"행복하다."

그리고 더 많이 감사했다.

간혹 통화하거나 만나는 동료들은 여전히 폭주 기관차처럼 내달리고 있었다. 이전의 내 모습을 보는 듯했다. 염려하는 마음이 컸지만, 다른 한편으로는 나만 저 뒤로 처져 있는 것 같은 조바심도 느꼈다.

거대한 쳇바퀴 안에 그들이 있는 듯한 그림도 그려졌다. 너무 크고 빨라 잘못 발을 디뎠다가 저 멀리로 튕겨지는 내가 보였다.

그런데 문득 튕겨진 곳에 누워 하늘을 보는 내가 그려지는 듯했다. 등 뒤로는 포근한 촉감이 느껴지는 초록초록한 풀투성이. 나는 그저 누워서 하늘을 보고 있다. 조바심은 저 멀리, 커다란 쳇바퀴 곁에 함께 묶여 있다.

그래, 멋지지만 강한 이 흐름을 잠시만 벗어나 보자.

"흐름을 보려면 흐름을 벗어나야 한다."

ㅡ『삼국지』

2주 만에 느낀 감정이라는 게 놀라웠다.

그리고 내게는 아직 11개월하고도 2주가 더 남았다니! 너무 기뻐서 속으로 "꺄악!" 하고 괴성을 질렀다. 내가 어떤 것을 더 느끼고 어떤 소중함을 더 앞으로 둘지 기대된다.

얏호!

다이어리 한 페이지에 힘주어 써본다.

"그래, 너 하고 싶은 거 다 해라!"

3장

1년 동안 찾아볼게요,

잃어버린 나

지금, 여기에 존재하기

되도록 저녁 식사를 6시 이전에 마치려고 노력한다. 물론 저녁 6시 이전에 내가 먹은 음식의 양이 더는 먹고 싶은 생각이 들지 않을 만큼이라는 건 비밀이지만, 흑!

아침 식사는 생략한다. 아침을 안 먹은 지가 언제부터였는지도 기억이 나지 않을 만큼 한참 되었다. 한창 유행하던 간헐적 단식을 처음 알게 되었을 때 '아, 나는 이미 하고 있었구나.'라고 생각했다. 더불어 '이마저도 안 했다면 불어나는 내 체중을 감당 못 했겠구나.' 싶어 헛웃음이 났다.

유달리 위가 약한 편이라서 특히 조심하는 게 녹차였다.

다들 몸에 좋다고 찾아서들 먹는 차였고 항암식품으로 항상 거론되었지만 내게는 독이었다. 스무 살 무렵 다이어트를 한다고 녹차를 마셔댔다가 꼬박 앓고 나서는 이제는 웬만해서는 입에도 대지 않게 되었다. 녹차가 들어간 다른 음식들도 되도록 멀리한다.

다행인 건 빈속에도 커피를 마실 수 있다는 것이다!

아침 식사 대신 진하게 내린 따뜻한 커피를 마시고 온몸에 온기가 퍼지는 걸 가만히 지켜보곤 한다. 그걸로 족하다. 충분히 만족스럽다, 매번.

오전 10시 50분에 요가 수련을 시작한다. 가벼운 몸과 마음으로 하는 70분 요가는 휴직 중 빠질 수 없는 중요한 일상이 되었다. 휴직 초반에는 요가원 수련 첫 타임인 9시 20분 수련을 했었다. 하지만 요가 수업에 너무 많이 온 힘을 쏟아부어서일까? 수련 시간이 끝나면 나의 열정적인 하루도 끝나버리는 기분이었다. 다른 무언가를 할 에너지가 거의 남아 있지 않다고 느끼기 일쑤였다. 아이들이 오는 오후부터 부지런히 맞이하려면 내내 휴식을 취해야 했다.

그래서 첫 타임 요가 수업 대신 카페로 향했다. 오전 9시부터 10시 30분까지 근처에 있는 별다방에 내 전용 자리를 하나 정해두었다. 그러고는 누가 시킨 건 아니지만 일삼아 매번 카페로 향했다. 책도 읽고 글도 쓰며 시간을 보냈다. 꿀맛 같은 시간이었다. 이후에는 늦지 않게 요가원으로 향했다. 요가 수련 후 정오가 넘어서 첫 끼니를 먹는 게 익숙해졌다. 간혹 생기는 점심 약속이 아쉬울 만큼 만족스러운 오전 루틴이었다.

그러던 어느 날.

여느 때와는 다르게 요가 수련 시간 동안 유달리 몹시 배가 고팠다. 70분 수업이 중반을 넘어가면서부터는 요가 동작은 대충 시늉만 했다. 대신 머릿속으로는 끝나고 뭘 먹을지에 대해서 심각하게 고민했다. 아주 신이 나서 고민했다.

'아, 마라탕 먹고 싶다. 푸주랑 쑥갓 듬뿍 넣고. 오늘은 꼬치도 많이 넣어야지. 중국 당면도, 옥수수 면도 듬뿍 넣어야겠다. 지난번에는 2단계 먹고 매워 힘들었는데 오늘은 1단계로 먹어 볼까? 아니, 아니 그래도 그건 안 되지. 마라탕은 알싸한 매운맛으로 먹는 건데. 오늘도 2단계로 고고! 대신 꿔바로우도 먹으면 되지. 유후.

아니면 보쌈을 먹을까? 마늘 보쌈이 좋겠지? 무생채 듬뿍 얹어서 먹으면 맛나겠네. 상추랑 깻잎이랑 해서 쌈도 싸 먹고. 아, 부추전도! 부추전도 먹고 싶어! 오늘은 막걸리도 먹어 볼까? 너무 배부를까?

아, 몰라. 다 먹고 싶어!'

내 마음이 이곳저곳 식당을 찾아 분주히 돌아다니고 있었다.

땀이 나서 연신 닦아대면서도 생각은 멈출 수가 없었다. 아니 땀을 흘리고 나니 시원한 게 더 마시고 싶었다. 평소에는 가지도 않는 햄버거집에 들러 감자튀김을 먹을까 고민하고 맥주까지 들이켰다. 맥주 생각을 하던 끝에는 근처 독일 음식점에서 평소 좋아라 하는 딱딱한 빵에 버터가 뒤범벅돼서 만족스럽게 먹고 있었다. 내 눈에는 그저 독일식 돈가스일 뿐인 '슈니첼'을 한 입 '와삭' 베어 물기도 했다. 내 생각이 어찌나 부지런히 돌아다니는지 인근의 식당에는 이미 한차례 폭풍처럼 다녀오던 중이었다. 생각만으로는 이미 목 끝까지 차오르도록 음식을 먹어치운 후였다.

파라마한사 요가난다의『요가난다, 영혼의 자서전』이 떠올랐다. 그의 스승이 여러 생각으로 가득한 요가난다에게 가만히 말했었다.

  "침착하지 못한 몸짓 하나, 또는 방심에서 오는 가벼운 실수 하나에도 스승은 강의를 중단하셨다.
  "너는 여기 없구나.""
  – 파라마한사 요가난다, 『요가난다, 영혼의 자서전』

  나는 요가원에 있었지만, 요가원에 없었다!

  어디 이 순간뿐이랴.
  나는 많은 순간을 어제에 있었고 혹은 오지 않은 내일에 두고 전전긍긍했다. 항상 머릿속으로는 지난 시간에 했던 실수로 자신을 책망하느라 후회가 가득했다. 한편으로는 아직 일어나지 않은 미래를 그리며 불안에 몸서리쳤다.

  내 마음은 항상 어딘가로 둥둥 떠다녔다.

  회사에 다니던 때에는 할 일이 많고, 해야 할 역할이 많아서라고 그럴싸한 핑계를 대곤 했었다. 하지만 휴직 후 온전히 내게 집중할 수 있는 시간에도 난 여전히 후회만 가득한 과거와 불안한 미래에 마음을 쓰느라 오직 내가 어찌할 수 있는 시간인 현재를 놓치기 일쑤였다.

지금 순간에 온전한 내가 없었다.

잠시 벗어나겠다고 마음먹었지만 결국 나는 또 같은 트랙을 돌고 또 돌고 있었다.

과거와 미래라는 트랙.

그렇게 온전히 현재에 집중하지 못한 나는 주변에서도 금세 알아차린다.

가장 가까이에서 나에게 알려주는 사람은 역시나 아이들이었다. 아이들과 이야기하던 중에도 내 생각은 조랑말처럼 이곳저곳을 날뛰곤 했다. 그때마다 아이들은 자기 이야기에 집중하지 못하는 나를 책망했다. 때로는 너희들 저녁 준비 때문이었다고, 혹은 너희들 학원을 알아봐야 해서라고 또 또! 남 탓으로 그 이유를 잘도 돌려버렸다. 그 누구의 탓이 아닌 오로지 나로 인한 것인 줄 잘 알면서도 그걸 인정하는 건 언제나 왜 이리 어려운 일인지.

정신이 딴 데 있는 사람과 이야기할 때의 그 지루함과 은근한 부아를 잘 알면서도 나는 또 쉽사리 나의 생각을 놓아버리고 만다.

이 또한 연습이 필요하다. 꽤 오랫동안을 되도록 많은 일들은, 누구보다 빨리 쳐 내는 것을 우선으로 살아온 나였다. 순간에 온전히 집중하는 대신 미리 한 발은 저 멀리 내딛고 언제든지 뛸 준비를 했다. 머릿속으로는 끝없이 넘어지지 않고 누구보다 빠르게 뛰는 시뮬레이션을 해 왔다. 다른 방도를 찾지 못하고 그렇게 살아왔다.

오늘은 오랜만에 나의 최애 영화인 〈쿵푸팬더〉를 다시 보려고 마음먹는다. 양옆에 아이들을 끼고 팝콘을 우걱우걱 퍼먹으며. 물론 영화 중반 이후부터는 나 혼자 덩그러니 남겨질 가능성이 농후하지만. 뭐 그것도 나쁘지 않다.

"어제는 지나버렸고, 내일은 알 수 없지.
오늘은 선물이야.
그래서 현재(present)라고 한단다.
(Yesterday is history. Tomorrow is a mystery.
But today is gift.
That is why it is called the 'Present'.)"
– 〈쿵푸팬더〉

선물 같은 '지금'만 가슴에 품고 아이들의 눈을 보며 이야기하려고 마음먹는다.

양손에 무겁게 들고 있는 과거와 현재를 살포시 내려놓도록 자주 떠올린다.

그리고 뭐, 정 아쉬우면 언제든지 또 들면 되니까.

낯선 곳에서 만난 뜻밖의 나

새로운 시도를 늘려 가려고 마음먹었다. 그럴 때마다 낯선 나와 만나는 경험이 신선했다. 처음 만나는 내가 당혹스럽기도 하지만 그보다는 설레는 맘이 더 컸다.

처음 수영을 배웠다.

바다를 좋아하고 물이라면 거의 환장을 한다. 구명조끼만 있으면 종일 물에서 놀 수도 있었다. 그게 없다면 잠수라도 하면 그만이었다. 발만 담가도 신이 날 정도로 물을 좋아하는 편이다. 그럼에도 수영을 배우고 싶은 마음은 들지 않았다. 모아놓은 고인 물에 여럿이서 들어가는 게 그닥 끌리지 않았다. 씻고 수영복으로 갈아입고 수영한 뒤 다시 샤워하는 과정을 떠올리기만 해도 피로감이 몰려왔다. 여러모로 번거롭고 품이 많이 드는 일이 수영장에 가서 수영하는 일이라고 생각했다.

둘째의 '틱'이 좋아지는 듯하다가 내내 고만고만했다. 함께 할 수 있는 몸놀이 중에서 뭐가 좋을지 고르다 수영으로 정했다. 막상 시작하니 둘째 녀석은 힘들다고 투정이 한가득하였다. 수영 수업을 하는 내내 잠시도 입을 쉬지 않고 불만을 이야기하는 통에 내 귀에서는 피가 나는 것 같았다.
다행히 수영을 끝내고 나오는 길이면 즐거웠단다, 항상.
'너는 그랬겠지.
느낀 모든 감정을 다 나에게 풀어냈으니.'
수영과 더불어 둘째의 하소연으로 배는 힘들어지는 듯했다.

수영을 처음 배우면서 새로운 나도 만났다.
초급반이다 보니 한 레일을 여럿이서 두 줄로 함께 사용했다. 나는 제대로 수영할 수가 없었다. 내가 만든 물결이 돌아오는 사람에게 영향을 주게 될까, 내가 차는 평형 발차기가 누군가를 차게 될까, 나는 잔뜩 힘이 들어가고 내내 하다가 만 발차기를 하게 되었다. 그러니 앞으로 나갈 수가 없고 이내 자꾸만 가라앉았다.

내가 그렇다는 걸 안 것은 아무도 없는 레일에서 힘차게 발차기도 하고 쭉쭉 잘만 가는 걸 알게 된 후였다.

사람을 대하는 내 마음을, 내 태도를 그때에서야 알게 되었다.

전에는 몰랐던 새로운 나였다.

사람을 좋아한다. 누구든 스스럼이 없이 대하는 편이다. 사람과 만나고 그를 대함에 별 어려움을 느끼지 않는다. 다만 나와 같지 않은 마음의 다른 이들에게 상처받는 일도 잦았다. 그런 내 모습을 큰 약점으로 여겼었다. 하지만 나이가 들어가며 수많은 넘어짐과 상처를 겪고는 알게 되었다. 넘어져도 금세 털고 일어날 수 있는 나의 모습이 참 다행이라고 생각한다.

사람을 좋아하고 아끼는 나의 마음을 누구나, 모두가 갖고 있지는 않다는 것을 알게 되었다.

만난 적이 있다는 것만으로도, 그녀, 베로니카는 그 작가가 자신의 세계 안으로 들어왔다고 생각했다. (파울로 코엘료, 『베로니카, 죽기로 결심하다』 참고)

나 역시 같은 마음이다. 옷깃만 스쳐도 인연이라는 의미가 무엇인지 이제는 안다. 이 넓은 우주, 게다가 같은 별에 살고 있다는 것으로도 우리는 무언가의 큰 인연이 있는 사이인 거다. 거기에 무려, 찰나의 순간에서 마주해 옷깃까지 스칠 정도라면 대단한 이유가 반드시 있는 것이다. 그렇게 커다란 세계와 세계가 마주하는 것이 바로 사람과 사람이 만나는 일인 것이다.

그래서 스쳐 지나는 누군가와의 순간도 인연이라 믿는다. 오래 두고 본 사이라면 무슨 말이 더 필요할까. 그 어마어마함을 아는 나로 오래 살아가고 싶다.

사람이 온다는 건
실은 어마어마한 일이다
그는 그의 과거와 현재와 그리고
그의 미래가 함께 오기 때문이다
...... (생략)

— 정현종, 「방문객」

요새 유행하는 MBTI 검사를 해봤다.
ENFP가 나왔다.
싫었다.
두 번을 더해봤다. 결과가 같았다.
정말 싫었다.

'재기발랄한 활동가'라고 소개되어 있지만 한마디로 요약하자면 성인ADHD라고 말할 수 있다는 유형이 바로 ENFP다. 하, 인정하기 싫었다.

사람을 좋아하고 사람과 함께하는 활동도 즐긴다. 하지만 하루에 단 한 시간이라도 혼자서의 시간이 필요한 사람이다. 오롯이 혼자서 하는 무언가를 하지 않으면 정신병이 올지도 모른다. 나의 정신 건강과 인간관계를 위해서는 혼자서 아무 말도 하지 않고 누구에게도 방해받지 않는 시간이 반드시 있어야 한다.

내내 ENFP를 부정하는 변명을 늘어놓는 중인 듯하여 적잖이 머쓱하기 하다.

그리고 또 내가 바라는 나.

항상 다니는 길에서도 새로운 무언가를 발견하는 사람으로 살아가고 싶다.

사는 곳을 매일 여행지처럼 경험하는, 설렘을 품고 사는 사람이고 싶다.

공연히 웃고 걸핏하면 울며 느끼는 감정을 충실히 표현하는 사람으로 살아가는 데 주저하지 않고 싶다.

그렇게 간솔한 '나' 자신으로 살기.

내 본래의 모습 그대로여야만 타인에게 감동을 줄 수 있다. 내가 아닌, 흉내 내는 모습으로는 진정성이 느껴지지 않는다. 타인에게도 스스로에게도 그건 마찬가지이다.

햇빛이 강한 쪽을 향해 식물이 자라는 현상을 Heliotropism(향일성)이라고 부른다. 식물에 국한된 이야기는 아닐 것이다.

따뜻하고 열정적인 누군가에게 눈길이 가고 마음이 가듯 그렇게 누군가에게 영향을 주고 좋은 기운을 주는 사람으로 살아가고 싶은 소망이 있다.

걱정 없이
마음껏
'나'로 살자.

1년 후 내가 이 세상에 없다면

올해로 내 나이는 마흔보다 쉰에 가까워졌다. 얼굴도 생각도 그다지 많이 변했다고 느끼지 못하는데(적어도 나 스스로는) 나이를 떠올려 보면 '중년'이라는 단어가 실감이 난다. 이렇게 나이가 들어가면서 당장의 힘든 일 혹은 슬픈 일도 언젠가는 웃으며 떠올릴 수 있는 추억 거리가 된다는 사실을 알게 되었다.

오직 하나의 예외라면 사랑하는 이의 죽음을 빼고.

잊을 수 없는 죽음의 기억 맨 처음에는 사촌 남동생이 있다. 나와는 여덟 살 정도 터울이 있는 녀석은 서울에 살고 있었다. 너무 오래전 기억뿐이어서일까. 녀석과 관련된 기억은 모두 행복한 것, 좋은 것투성이고, 그래서 더 아쉽다. 유난히도 얼굴이 하얬다. 방실방실 웃던 상만 기억에 남아 있다.

어린 시절부터 김치를 제일 좋아할 정도로 그 흔한 반찬 투정조차 없었다. 큰집 조카였던 우리 삼 형제는 방학이 되면 늘 기다렸다가 서울에 있는 작은집에 놀러 가 일주일씩 지내고 오는 게 당연한 행사였다. 녀석도 방학마다 시골에 있는 큰집인 내 집에 놀러 오곤 했었다.

그해 여름도 예외는 아니었다. 대학에 다니던 내가 원래 집에 오려던 길이었는지 교통사고 소식 전화를 받고 시골로 왔는지는 기억에 없다.

기억에 남아 있는 건 구석방에서 울고 있던 사고를 당한 사촌 남동생의 누나인 여동생뿐이다. 울다 지쳐서 퉁퉁 부은 얼굴로 사촌 여동생이 내게 물었다.

"언니, 목뼈가 보여도 살 수 있어?"

"…!"

괜찮을 거라는 어쭙잖은 위로 외에는 달리 해줄 말을 찾지 못하는 아직 어린 나였다.

결국, 사촌 동생은 다시는 깨어나지 못했다.

자식을 먼저 보내는 어미의 울음은 사람의 그것이 아니었다. 나의 밝고 따스한 작은엄마는 몸부림을 치며 짐승처럼 울었다. 울다 지쳐 혼절하고 깨면 다시 우는 게 내내 반복이 되었다. 10살 남짓한 사내아이의 장례식장은 '처참함' 그 자체였다. 스물을 갓 넘긴 나는 아무것도 모르는 애송이에 불과했다. 위로도 애도도 그저 서툴렀다. 오직 삶과 죽음, 그 중에서도 가장 지독한 헤어짐은 어린 자식과 부모 간의 것이라는 사실만 알게 되었다.

이후로도 많은 죽음과 마주했다. 그 어느 죽음이 가볍겠는가.

하지만 내게는 아직도 떠올리는 것만으로도 애잔하고 애달픈 죽음이 있다.

2013년 4월 1일 만우절이었다. 대학 동기인 친구에게 전화를 받았다.

대학 때부터 친했지만 사회에 나와 비슷한 시기에 결혼하고, 두 아이까지 비슷한 시기에 출산하며 친구보다는 가족과 같은 사이로 변하게 된 친구였다. 남편들도 서로 죽이 잘 맞았다. 그 지난해에는 함께 집을 짓자고 의기투합해서 그 무렵 우리 가족이 살던 경기도 광주시 인근으로 주말마다 땅을 보러 다니느라 바빴다. 설계도까지 그려가며 어찌나 신나게 이야기했었는지. 드물게 반짝거리던 두 남자의 눈빛이 아직도 선하다.

우리가 전원주택으로 이사를 하고 나서 친구네는 금요일 저녁이면 바리바리 짐을 싸 들고 찾아왔다. 주말 내내 신나게 먹고 마시고 놀았다. 그러고는 일요일 밤에 두 아이 샤워까지 마치고 자기네 집으로 출발하곤 했다. 지금 생각해 보면 어찌 그렇게 아무렇지 않았을까 싶을 만큼 함께하는 일상이 자연스러웠다. 부족함도 없었다. 지금 돌아보아도 함께하는 것만으로도 참 풍요로운 시간이었다.

그즈음 친구 남편 H는 운동에 열을 올리던 중이었다. 그래서라고 생각했다. 눈에 띄게 살이 빠졌다. 워낙에 열정적이고 뭐든 시작하면 끝을 보던 사람이라고 여겼었다. 그래서 '운동을 시작하니 또 이렇게 달라지는구나!'라고 나는 무심하게 생각했다. 돌아보니 그는 몸이 뭔가 예전과 다르다고 느꼈었나 보다. '그때 헬스클럽 가는 대신에 병원을 가면 좋았을 텐데.'라고 소용없는 바람을 가지곤 했었다. 그 바람이 깊었는지 내 꿈에 H가 나온 적이 있었다. 나는 보자마자 팔을 잡아끌면서 어서 같이 병원에 가자고 그야말로 울부짖었었다. 돌아보니 또 가슴에 서늘한 바람이 분다.

예사롭게 보지 않은 건 역시나 세심한(평상시에는 지나치게 예민해서 피곤하다고 곧잘 생각하는) 나의 남편이었다. 함께 곤지암 리조트에서 여행하고 돌아와 식사하던 자리였다. 남편이 H에게 조심스럽게 말을 건넸다. 병원에 가서 검진을 받아보라고. 나는 그 순간에도 '남편의 건강 염려증이 또 도졌구나.'라고만 여겼다. 대수롭지 않게 생각한 것이다. 'H가 얼마나 자기 관리를 잘하는 사람인지 알면서 또 지나치게 걱정이구나….'라고만 생각했지.

"맞아. 내가 요즘 허리가 아프긴 해."

라며 웃던 H의 모습.

그 얼굴이 내가 기억하는 평상시 H의 마지막 모습이다. 그 뒤로도 우리는 자주 만나고 이야기했지만 더는 늘 보던, 내가 아는 얼굴은 아니었다. 병색이 짙어졌다.

그때가 고작 2주 전이었다.

2013년 만우절에, 나는 친구 남편 H가 췌장암 3기라는 전화를 받았다.

이후 일주일을 어떻게 보냈는지는 기억이 없다. 그저 울기만 했다. 회사에서 일하다가도 자리에서 엎드려 한참을 울어야 했다. 아이를 재우다가도, 아이에게 책을 읽어 주다가도 눈물이 나서 멈출 수가 없었다.

아이에게 엄마가 슬픈 일이 있어서 그렇다고 몇 번이나 양해를 구해야 했다. 어떻게 그렇게 내내 눈물이 날 수 있는지 모를 정도였다. 내 몸의 모든 물이 다 눈을 통해 밖으로 나오는 것만 같았다. 내가 할 수 있는 건 우는 일뿐인 듯했다.

주체 못 할 정도로 화도 났다. 친구와 결혼하기 전부터 알아 왔던 그였다. 얼마나 성실한 사람인데. 얼마나 선량한 사람인데. 얼마나 따뜻한 사람인데. 대상이 명확하지 않지만, 참을 수 없는 화가 계속 났다.

그렇게 일주일이 지난 후에는 세상사 모든 일이 다 허무하고 부질없게 느껴졌다. 회사에서 일 때문에 열을 내며 흥분해서 내게 이야기하는 동료를 보며 혼자 되뇌곤 했었다.

'그렇게 열을 내 봤자 다 무슨 소용이야. 어차피 몸이 아프면 그만인걸.'

아무 일에도 흥미가 없었다. 사소한 일에 화내고 별거 아닌 거에 집중하고 지나치게 열심히 한 모든 사람이 다 바보같게만 보였다. 아무것도 중요한 게 없어 보였다.

그런데 그렇게 2주 남짓한 시간을 보내고 나니 놀랍게도 또다시 나는 여느 때의 나로 돌아가고 있었다. 차차 또 지나치게 일하고 사소한 것에 목숨 걸고 쉽게 흥분하고 있었다.

그리고 이제 친구 남편인, H는 아픈 사람이 되어 있었다. 놀랍도록 당혹스러웠지만 그렇게 결국은 보통의 일상으로 돌아가고 있었다. 지독히도 냉정하고 마음 아픈 현실이었다.

하지만 나의 일상이 전과 꼭 같은 건 아니었다. 소중한 사람의 갑작스러운 소식은 적잖은 충격과 변화를 불러왔다. 열심히 현재를 희생하며 참고 준비하고 기다리던 미래라는 시간이 이제 내게는 알 수 없는 것이 되었다. 현재를 유예하는 것이 의미 없는 일이 되어 있었다.

내게 1년, 혹은 1달의 시간밖에 없다면 하고 싶은 일들을 적어 보았다. 놀랍게도 내가 하고 싶은 일 중에 지금 할 수 없는 대단한 일은 단 하나도 없었다. 그리고 당연하겠지만, 회사 일과 관련된 것은 단 하나도 없었다.

- 매일 도서관 가기
- 종일 걷는 하루 가지기
- 달리기 도전하기
- 글쓰기
- 매일 요가 하기
- 영어 공부하기(죽기 전에도 이걸 리스트에 올릴 만큼일 까 싶어 자신에게 놀랍다!)
- 5시에 일어나 하루를 더 길게 사용하기
- 가족과 파도 소리에 잠 깨기
- 아이들 간식 챙겨주기

결국, 내가 지키고 싶은 것은 소중한 사람들과 누리는 소소한 일상의 행복이었다. 아직 오지 않을 미래를 담보로 현재를 희생하는 삶을 그만할 때가 되었다. 그건 먼저 간 소중한 이들에 대한 최소한의 도리인 듯하다.

자주 잊고 또 어리석게 굴지만, 이 또한 시간이 내게 준
선물이겠지.

귀하고도 무심한.

세상 나답게 나로 살아가기

대화 1〉

아이유: "저는 평정심에 집착하는 거 같아요. 제가 들떴다는 느낌이 스스로 들면 기분이 안 좋거든요. 통제력을 잃었다는 생각에…."

이효리: "나는 너무 기뻤다가 너무 슬펐다 하는 게 이게 나의 문제라고 생각하는데…. 나도 덜 웃고 덜 울고 이 기복을 줄이고 싶거든."

아이유: "저는 이제 좀 많이 웃고 많이 울고 싶어요."

대화 2〉

아이유: "언니는 가장 자신 있는 게 뭐에요? 이거는 정말 쉽지, 이런 거요."

이효리: "쉬운 건 없었던 것 같아. 자신 있지, 라는 생각을 해본 적도 없어. 그런데 재밌다고 생각한 것은 있어. 예능도 재밌고, 화보 찍는 것도 재밌어. 두려우면 재미를 못 느끼잖아. 그게 자신이 있어서 재미를 느낀 건가?"

아이유: "그런 게 너무 안 생겨요. 어떤 한 곡도, 이 곡은 누워서 떡 먹기지 하는 곡이 없어요. 노래도, 방송도. 그래서 물어보고 싶었어요. 언니는 예능을 너무 잘하시니까."

이효리: "나는 사실 예능과 실생활이 비슷하거든. 사람 만나고, 얘기하고, 웃겨주고, 웃는 걸 나도 좋아하면 그냥 그게 기본으로 쉬운 것 같아. 너는 그게 필요한 거잖아? 그러니까 아마 힘들 거야."

2017년도 여름 무렵 JTBC를 통해 방영되었던 〈효리네 민박〉 중 이효리와 아이유의 대화이다. 아이유는 평정심에 집착했다. 앞으로는 감정표현을 더 많이 하고 싶다고 했다. 반대로 이효리는 감정표현에 거침이 없었다. 그녀는 감정 기복을 좀 줄이고 싶다고 했다. 두 사람은 닮은 듯하면서도 매우 달랐다. 짧은 대화에서도 충분히 느낄 수 있었다.

또 다른 대화에서도 그녀들의 차이는 여실히 드러난다. 아이유는 쉬운 게 없단다. 노래도, 방송도. 그녀에게는 만만한 게 없다. 이에 반해 이효리는 쉽지는 않지만, 자신이 있다. 그래서 재미도 있단다. 그녀들의 대화는 어록으로, 영상으로 만들어져 다양하게 소비되었다. 프로그램이 끝난 지금도 회자되고 있다. 많은 이들이 공감과 위로를 함께 받았다.

그 무렵, 시댁 가족들과 여행을 갔다. 거실에 둘러앉았을 때 마침 〈효리네 민박〉이 방영되고 있었다. 그때 시매부께서 나를 보며 말씀하셨다.

"우리 처남댁 닮은 사람 나오는 프로그램이네."

안 그래도 여동생에게 종종 이효리와 비슷하다는(성격과 말투가. 외모는 나도 날 잘 아니까) 말을 들었던 터라 놀라는 기색 없이 말했다.

"아, 이효리요?"

그랬더니 시매부께서는 고개를 절레절레 흔들며 말씀하셨다.

"아니, 아이유 말이에요. 하는 행동이랑 저 표정까지 똑같잖아요."

화면에서는 멍한 표정으로 있다가 이내 이효리의 짓궂지만, 애정 어린 놀림에 어색한 웃음만 연신 짓는 아이유가 나오는 중이었다.

순간 웃음이 나왔다. 여동생은 나를 보며 이효리를 닮았다고 했다. 하지만, 시매부는 아이유를 닮았단다. 같은 나라는 사람을 두고 정반대의 성향을 지닌 두 사람을 떠올렸다. 그 사실이 놀라웠다. 물론 핫 피플 두 사람을 닮았다는 이야기가 좋아서(거의 날아갈 만큼!) 아직도 선명하게 기억하고 있기도 하지만.

당시 나는 막 마흔을 넘긴 나이였다. 이 경험으로 나는 깨달았다. 사람들이 종종 그들의 시각으로, 마음대로 남을 본다는 것을 말이다. 그러면서 타인의 시선에 많이 신경 쓰지 않고 내 마음대로 살아도 되겠다며 나름의 깨달음을 얻었다고 여겼었다. 같은 나를 보고 사람들은 그들의 기준과 눈으로 다른 사람을 찾을 테니 나는 그저 나로, 내가 원하는 취향과 방향대로 살면 되겠구나 하고. 짧은 대화였지만 이후 내 행동에 적잖은 영향을 미쳤던 에피소드였다.

막 마흔 후반기로 접어든 지금 다시 그때를 되뇌어 본다.

많은 생각 없이 느낌과 기분만으로 판단하고 규정해 버린 철부지 마흔의 모습. 영락없는 이불킥 각이다. 돌아보고 이제 다시 안다. 내가 그때그때의 역할과 상황에 맞추어 행동했었다는 것을. 요새 한참 유행하는 '부캐(부 캐릭터. 자신이 사용하는 주요 캐릭터 외의 캐릭터를 이르는 말. 주로 온라인 게임에서 사용했으나 방송가에서 사용하며 부수적인 캐릭터로 다양한 역할을 의미하기도 함)'의 얼리어답터였을 수도.

여동생 앞에서는 세상 화끈하고 웃음 많으며 어른스러운 말도 곧잘 하는, 유쾌한 이효리를 닮은 캐릭터로. 시댁 어른들 앞에서는 느릿하고 멍한 표정도 자주 짓지만 차분하고 조용한 아이유 비스무레한 캐릭터로.

페르소나(Persona)란 본래 고대 그리스 가면극에서 배우들이 썼다가 벗었다가 하는 가면을 칭하는 말이었다고 한다. 당시에는 마이크 같은 확성기가 없었다. 목소리를 울리게 하기 위해 건물 자체를 울리는 구조로 짓는 노력을 들인 것처럼 배우의 목소리를 관중들에게 전하기 위해 고깔을 사용하기도 했다. 연극 도중에 고깔을 손에 들고서 고래고래 소리 지를 순 없는지라 가면 자체에 고깔을 붙여버렸다. 그것에 현재 인물의 감정을 나타내는 얼굴을 새겨넣었다고 한다. 이후 라틴어로 섞이며 사람(Person)/인격, 성격 (personality)의 어원이 되고, 심리학 용어가 되었다. 현대 이탈리아어에서는 그 발음 그대로 사람이라는 뜻으로 쓰이고 있다. 하지만 다른 국가들에서 통상적으로는 '이미지 관리를 위해 쓰는 가면'을 의미한다.

나는 다양한 여러 사람 앞에서 여러 가지 역할에 맞게 취향껏 맞는 '가면, 페르소나'를 골라서 사용하고 있었다.

회사에서는 부드러우면서 무르지 않게, 나직하지만 힘 있는 어조로 이야기하는 걸 잊지 않으며 강경화 장관을 흠모하는 캐릭터로. 부모님 앞에서는 여전히 까불대고 명랑한, 세상 걱정 없어 보이는 말괄량이 삐삐 같은 캐릭터로. 아이들 앞에서는 나의 영원한 우상 우리 할머니 같은 희생과 사랑의 아이콘으로. 남편 앞에서는 영원한 소녀 감성의 빨강머리 앤으로 변신하며!

하지만 그 다양한 여러 페르소나가 결국 모두 나다. 다양한 모습을 가지고 있는 팔레트 같은 사람인 것이다. 그것이 스트레스가 되던 시절도 있었다. 어린 시절, 뚜렷한 색을 가진 이들을 동경했다. 나만의 무언가가 있는 누구보다 개성 넘치는 사람이 되고 싶어 하던 시절도 분명히 있었다. 하지만 인제야 각양각색의 내 모습을 받아들이게 되었다.

마침내 내가 풍성하고 재미난다.

비로소 이런 나를 받아들인다.

"하지만 임사 체험을 하는 동안, 중요한 것은 긍정적으로 사는 것이 아니라 나 자신으로 사는 것임을 깨달았다. 나는 나의 부정적인 생각들을 제거할 필요가 없었다. 나는 다만 다른 사람이 원하는 내가 아니라 있는 그대로의 나 자신을 사랑하기만 하면 되었던 것이다!"

— 아니타 무르자니, 『나로 살아가는 기쁨』

다시 한번 '나답게'라는 말을 생각해 본다.

쉽게 떠오르지 않는다.

내가 아는 나는 그저 서 있는 그 자리에서 주어진 일을 열심히, 누구보다 성실히 하는 사람이다. 여기에 바라는 바가 있다면 심각하지 않았으면. 유쾌하고 명랑했으면. 세상은 심각하게 보면 마냥 심각하고 여유를 가지고 보면 또 마냥 즐거운 일들뿐이라고 믿으니까.

그리고 이제부터 잠시 나를 돌아보는 이 보석 같은 1년이라는 시간 동안, 마음이 하는 이야기에 많이 귀 기울이고 따랐으면 한다. 그런 후에 라면 누군가가 나를 어떻게 보든, 어떻게 부르든, 미소 지으며 받아들이고 때론 흘려보낼 수 있을 것 같다.

나의 새로운 이름이 된 인생의 중요한 가치

집 근처에 요가원이 생긴 건 2017년 초반 무렵이었다. 그리 크지는 않은 규모였다. 아침 7시부터 한 시간씩 헬스장에 다닌 지 반년이 넘어가던 때였다. 커다란 헬스장을 나 혼자 다 쓰는 건 퍽이나 좋았지만 이른 시간이라 개인 PT를 받기도 힘들어 혼자서만 해야 하는 운동에 슬슬 지루함을 느끼던 차였다. 다른 뭔가를 해 볼까 하던 차에 마침 생긴 요가원이 반가웠다. 자연스럽게 시작하게 되었다. 가깝다는 이유도 한몫했다.

그렇게 요가를 접한 지 3년 정도 지났을 때였다. 우연히 요가원에 강사 자격증 코스가 있다는 것을 알게 되었다. 내 속에서 '훅!' 하는 바람과 함께 하고 싶다는 생각이 솟아났다. 더 깊게 요가를 배우고 싶었다. 쳇바퀴처럼 반복되는 일상과 회사에서 벗어나 다른 길을 접해보고 싶은 마음도 컸었다. 그리고 잊은 줄 알았었는데 다시 살아나는 기억도 한 자락 있었다. 20대 마지막 시절에 혼자서 인도에 가서 요가를 배우고 싶다며 매일 혼자서 책을 읽고 요가하던 나의 모습도 떠올랐다(유튜브가 없던 시절이었다).

  하지만 당시 내게 요가란.
  3년을 했다고는 하지만 바쁘다는 이유로, 출장이 잦다는 핑계로 아직도 초보 수준을 벗어나지는 못한 상태였다. 그런데도 당장에라도 등록을 하고 싶어 안달이 났다. 하지만 안타깝게도 내가 알게 된 건 이미 등록을 마감한 후였다. 그때의 아쉬움이란! 다음번에 강좌를 개설할 때는 꼭 연락을 달라고 신신당부를 해두었다.
  그런데, 예상치 못하게 코로나19가 닥쳤다. 근 2년여간을 실내에서 하는 운동은 아무것도 하지 못하게 되었다. 한 번도 겪어보지 못한 일이었다. 요가도 예외는 아니었다.
  예상보다 길어지는, 처음 겪어보는 팬데믹으로 요가 강사

코스의 시작은 기약할 수 없게 되었다. 하지만 강좌가 개설되기를 기다리는 동안에 나는 오랜만에 느껴보는 설렘으로 즐거웠다. 이렇게 간절하게 무언가를 기다리는 일이 새삼스러웠고 그래서 기뻤다.

그렇게 다시 요가가 내게 왔다. 어쩌면 나는 요가를 하며 살게 되는 운명이었는지도 모른다고 문득 생각했다. 그렇게 마음먹고 나니 조금 속도가 느려도 상관이 없어졌다. 방향이 정해지고 나니 속도 따위에는 조금 너그러워질 수 있었다.

기다리고 기다리던 연락이 왔다. 요가 강사 자격증반이 곧 시작한다는 소식이었다. 강좌가 개설되면 제일 먼저 연락을 달라고 진즉부터 부탁을 해두었더랬다. 그렇지만 잠깐 망설여지기는 했었다. 4개월간 토요일에 꼬박 8시간 정도를 투자한다는 건 워킹맘인 내게 만만한 일은 아니었다. 주말을 오롯이 혼자서 보낸 기억도 손에 꼽을 정도였다. 그런 내가 꼬박 4개월간 토요일을 가족과 보내지 못하게 되는 일은 쉽지 않은 일이었다. 이제야 돌아보니 남편 도움 없이는 할 수 없는 일이었구나 싶다. 비용도 한 달에 거의 100만 원꼴로 절대로 적지 않았다. 그래도 말릴 수가 없었다. 나는 무지하게 하고 싶었다.

　하지만 돌아보니 부끄럽다.

　막상 교육장에 가면 'Hear and now' 정신으로 세상 집중했으나 집에 오고 또 회사에 가면 까맣게 지워내곤 했다. 같은 기간 동안 열심히 온 정성을 기울이던 동기들에게 한없이 미안하고 부끄러웠다. 당시에는 교육장에 가는 토요일이 기대되기도 했지만, 마음 한구석에는 커다란 돌덩이 하나가 들어앉은 기분이었다. 시간을 들이지 않으니 내가 원하는 만큼 자세도 나오지 않았다. 쑥쑥 앞으로 나아가는 것처럼 보이는 동기보다 한참을 뒤처져 보이는 스스로가 미덥지 않아 바싹바싹 입술이 타는 것 같이 조바심이 났다. 세상 흔들리는 마음과 생각이 다 지난 나이인 줄 알았는데. 여전히 조바심이 나고 흔들리는 마음을 가진 것은 다행인 걸까?

　지금에서야 알게 된다. 시간은 많은 것을 제대로 알려준다. 나는 기다리기만 하면 된다. 참을성 있게 기다릴 수만 있다면 혹은 때로 기다리지 않았지만, 시간이 켜켜이 쌓이면서 많은 것을 알게 된다.

　그때의 내게는 그게 최선이었다. 더는 무리였다고 되뇌곤 한다. 이제야 그 정도면 되었다고 스스로를 다독인다. 스스로에 대한 위로는 늦은 때라는 게 없다는 걸 알게 되었다.

집 근처였기에 많은 기대가 없어서였을까.

수업의 완성도는 기대 이상이었다. 강하고 세심한 나의 선생님이 그랬고 열정 가득한, 성실하고 선한 동기들이 그랬다. 오랜만의 학생 모드였던 그때, 시간이 갈수록 더 요가에 대해서 사랑하는 마음도 커졌다.

코스가 거의 막바지로 향하던 어느 날이었다. 나의 멋진 리나 선생님께서 모두에게 서프라이즈 선물을 주셨다. 지금도 떠올리면 내 마음 한편에서 잔잔한 파도가 이는 듯한 감동이 느껴진다.

그녀가 준비한 뜻밖의 선물은 10명 남짓 되는 우리 동기들의 이름이었다.

산스크리트어(인도아리아어 계통으로 고대인도의 표준 문장어)라고 추정되는, 낯설고 그래서 신비로운 기분마저 들게 하는 이름들이었다. 그녀는 직접 만든 이름과 그 뜻을 설명해 주며 하나하나 엽서에 메시지를 담아 우리에게 전달했다.

누구는 '미의 여신'이라는 뜻의 이름, 또 누구는 '태양의 신'이라는 의미로, 다른 누구는 '열정이 가득하다'는 의미로. '희고 투명한'이라는 뜻을 담은 이름도 있었다. 모두에게 너무나 찰떡이라서 이름과 뜻을 전해 들을 때마다 우리들은 함께 놀라고, 떼로 신나 했었다.

그녀가 전해준 나의 이름은 '스네하(Sneha)'였다.

Sneha 스네하: 부딪혀도 매끄럽게 하는 윤활제 혹은 사랑(그녀가 내게 전한 이름의 뜻)

처음 그 이름을 받았을 때는 이유가 궁금했다. 물어보지 않았지만 왜 내게 그런 이름을 전했는지 의아했다. 하지만 얼마간의 시간이 흐른 뒤 알게 되었다. 결국 내가 가장 중요하게 생각하는 인생의 가치는 사랑이었고 곁에서 지낸 많은 이들도 알고 느끼게 되는 것이었다.

나는, 누구보다도 강하게 믿고 있다. 사랑은 많은 것(내심으로는 모든 것)을 가능하게 한다고.
그래서 새삼 깨닫는다.

가슴이 좁도록 가득한, 내가 가진 이 사랑을 세상에 전해야 한다고.

　나는 그래야만 하는 사람으로 태어난 것만 같다.

　찬찬히 나를 들여다볼 시간이 많았던 그때, 나는 스스로가 가장 앞에 두고 중요한 가치를 두는 것은 '결국 사랑'임을 알아차렸다.

　알게 되었으니 이제 보이는 것은 전과 같지 않게 되겠지.

　내가 그리는 미래를 떠올리고 수없이 반복한다.

　곧 내가 그리될 테니까.

4장

다가올 10년을 위한

잠시 멈춤

필요한 건 채움이 아니라 비움이었다

내 가방은 항상 무겁다.

두 손으로 들기도 어려워 어깨에 가방을 지고 다닌다.

아, 짐이 한 개만이 아닌 경우도 다반사다. 어깨에 한 짐을 메고는 손에도 작지 않은 가방을 들기도 한다. 이고 지고, 주렁주렁 짐들을 달고 다닌다.

남편은 그런 나를 보면서 늘 참 피곤하게 산다며 핀잔을 준다. 대신 들어줄 생각도 없으면서(실제로 그런 적도 없고!) 왜 그런 나를 보는 것도 참지 못할까? 나야말로 당최

그를 이해할 수가 없다.

이렇게 짐을 무겁게 이고 지고 다닌 게 언제부터였나 되짚어 보면 정말 정말 꼬꼬마 때부터였던 거 같다.

초등학생 시절(실상을 말하자면 나는 이제는 역사 속으로 사라진 '국민학생'이었지)에는 학교 책도 많고 숙제도 많았다. 당시에 내 집은 초등학교에서 버스를 타고 내려서도 십리(찾아보니 정확하게는 3.927273km란다)도 더 걸어서 올라가야 나오는 산꼭대기 동네에 있었다. 꼬마였지만 가방이 무거웠다는 기억보다는 걸으며 먹었던 아이스크림과 과자가 맛나던 기억, 친구들과 낄낄거리며 신나게 걷던 기억만 있는 걸 보니 참 씩씩한 아이였구나 싶다.

중학교 시절에도 학교 사물함은 있었다. 하지만 이제는 무겁게 어깨에 메고 다니는 게 습관이 되어서인지 그다지 힘들지 않았다. 버스에 내려서 한참을 걸어 올라가야 하는 시골길은 여전했으니, 지금의 튼실한 내 하체의 유래는 그 무렵부터였던 게 확실하다.

대학교 무렵에는 과 사무실에도 개인 사물함이 있어 이제는 그만 들고 다녀도 될 법했다. 하지만 나는 두꺼운 공대의 전공 서적을 늘 끼고 다녔다. 거기에 책 한 권은 상비약처럼 필요했고 다이어리 역시 필수였다. 얼마나 가방을 무겁게 하고 메고 다녔든지 내가 정말 아끼던 짙은 녹색 재킷 하나가 가방과 맞닿은 부분이 헤져 구멍이 뚫릴 정도였다!

고시 준비하는 사람도 아니었는데 왜 그렇게도 항상 이고 지고 다니지 못해 안달이었을까.

마흔을 중반도 넘긴 지금은 나아졌나?

아니 갈수록 심해진다. 상비약인 책은 이제 두 권 이상으로 늘었다. 노트도 필사용으로 하나, 개인 다이어리 하나(회사에 다니던 때에는 이름까지 정성스레 각인한 업무용 커다란 다이어리도 빼놓을 수 없었다.), 필기구가 종류별로 담긴 필통도 하나, 솔찬히도 꽉 찬 파우치까지(난 여자니까!). 바리바리 참 많이도 메고 지고 다닌다.

문득 이 많은 짐들을 보면서 생각했다.

'흡사 나 같구나. 짐에서도 내가 보이는구나.'

평상시 '내 모습'이다.

이것저것 하고 싶은 게 많은 욕심꾸러기라서 어느 것 하나 놓지를 못한다.

욕심이 많아서 뭐든 하고 싶은 게 많다. 이제는 하고 싶은 일들이 해야 할 일들이 되어버려 치워내지 못하고 점점 늘어만 가고 있다.

나를 잘 말해주는 것 중 하나가 무겁고 몇 개씩이나 되는, 놓지 못하고 꼭 부여잡고 있는 짐들이구나 싶다.

얼마 전 운전을 하며 라디오에서 인상적인 이야기를 들었다. 영국에서 진행했다는 연구 조사에 관한 이야기였다. 같은 사람의 사진을 보여주면서 그 혹은 그녀와 데이트를 시도했을 때 성공 확률이 얼마나 될 것 같은지를 질문했다고 한다. 오직 한 가지 차이는 액자의 무게뿐이었다. 무거운 액자를 받아 든 실험자들이 더 성공이 어려울 것 같이 느꼈다.

액자마저 이럴 진데!

나의 일상이 힘겹게 느껴지는 것은 혹시 버거운 일상과 내 마음뿐만이 아니라 이고 지고 다니는 나의 가방과 짐들도 한몫 단단히 했을 것이다.

찬찬히 나의 가방 속 짐들을 다시 살펴본다.

가방에서 꺼내지 않고 이고 지고 다니기만 하는 것들도 꽤 있다. 왜 아니겠는가. 내가 동시에 책 두세 권을 볼 수도 없는 노릇이니까.

살면서 많은 것이 필요하지 않다는 걸 느끼는 중이다. 많은 것이 필요하지 않다는 걸 알아가면서 내가 가진 무수히 많은, 넘치는 것들이 거추장스럽게 느껴지기 시작했다. 옷장 안에 옷 중 내가 결국 입는 옷들은 과연 몇 %나 될까? 내 가방 안 무거운 짐 중에 내가 정말 사용하고 필요한 것은 또 얼마나 될까?
필요한 것은 하나인 경우가 대부분이다.

한 곡의 노래, 한 권의 책, 한 편의 시, 그리고 한 사람.

결국 꼭 필요한 것은 '하나'면 족하다.
사람이든 물건이든.

산뜻하게 살자. 충분히 이고 지고 '헉헉'거리며 살아봤으니.
이제부터는 가뿐하고 가볍게. 최대한 단출하게 살아보자.

내가 절대 양보할 수 없는 것들

"열심히 하겠습니다!"

이 말을 달고 살았다. 특별히 의도를 가지고 한 말은 아니었다. 달리 더 멋진 말을 생각하지 못했을 뿐이다. 수려하고 멋진 말로 마주한 이들에게 다짐을 이야기하는 다른 사람들이 멋져 보이고 부러웠던 적도 많다. 그래도 이 말을 대체할 다른 말을 준비할 생각을 하지 못해 늘 자주 했었던 것 같다. 하지만 내가 뱉은 말은 항상 나를 관통했다.

나는 참 열심히 하는 사람이었다.

언제부터였는지 기억하지도 못하던 꼬꼬마 사원 시절부터. 아니, 더 오래전, 어리던 학생 무렵부터. 나는 주어진 일에 그저 참, 열심히 하는 사람이었다. 지나치다 싶게, 열심히 하는 사람이었다. 그런 나를 보며 남편은 곧잘 중간이 없는 사람이라고 놀리곤 한다. 이 놀림이 부끄럽고 창피하게 느껴진 적이 많았다.

그런데 요즘 들어 다시 생각해 본다. 어차피 해야 할 일이라면 어중간하게 하고 싶지 않다고. 이왕 할 거면 그리고 일단 시작했으면 남들이 '극'이라고 놀린다 한들 내가 원하는 만큼 해봐야 후회가 없겠지 싶다. 뭐 결국 '뭐가 중한디, 내가 중하지, 암만!'이라고 되뇌는 중년 여성의 마음의 소리인가 싶어서 머쓱한 감은 적잖다.

어렸을 때부터 말하기를 좋아했다. 하고 싶은 말이 많았나 보다. 그래서인가. 속사포처럼 떠들곤 했다. 그런 나를 보며 나의 할머니는 곧잘 말씀하셨다.

"윤희가 하는 이야기는 반도 못 알아듣겠다."라고.

얼굴 가득 미소를 담아 그렇게 말씀하시곤 했는데. 바보처럼 속도를 줄일 생각은 못 했나 보다. 대신 여러 번 다시 이야기했던 기억은 남아 있다.

좋아하는 건 말하는 것뿐만이 아니었다. 춤추기도 좋아했다. 나서는 것에 주저함도 없어서 남들 앞에서도 자주 춤을 추었다. 흥도 많고, 말도 많고 먹고 싶은 것도 많지만 부끄러움은 별로 많지 않았던 아이였다. 적어도 사춘기 전까지는.

그렇게나 수다쟁이였던 내가, 고등학생이 되고 2학년에 올라가던 무렵부터는 일체 입을 닫고 살다시피 했다. 학생의 본분은 공부뿐이었던 시절에 참 잘 순응하던 아이였던 거다. '입시'라는 주어진 과제 외에는 어떤 것에도 관심이 없었다. 당시 나의 목표는 대학 입시뿐이었고 할 일은 공부밖에는 없어 보였다. 나는 화장실 가는 시간도 아까워하며 지냈다. 쉬는 시간에는 교실 바로 옆에 붙어 있는 화장실에 가면서도 뛰어다녔다. 그렇게 아등바등 고등학교 시절을 보냈다.

밤 열 시까지, 고3 시절에는 열한 시까지 야간 자율 학습으로 교실에 남아 있어야 했다. 학교를 마치면 집에도 들르지 않고 곧장 근처 독서실로 갔다. 2시 전에는 잠들지 않으려고 노력했었다. 아침이 되어서야 집으로 오는, 지금 생각하면 다시 할 수 없는 일상을 별다른 생각 없이 꾸역꾸역 이어갔다. 세상 수다쟁이가 친구들하고 말하는 게 시간 낭비처럼 느껴졌다.

어느 날이었다. 전람회의 〈기억의 습작〉이라는 노래를 처음 들었다. 너무 좋아서 심장이 덜컥하고 내려앉는 기분이었다. 마음이 한없이 몰랑해져서 무서워했던 기억도 난다. 그렇게 말캉해진 마음이 핑크빛으로 변하고 그래서 공부에 방해가 될까 싶어 엄청나게 두려웠다. 그 곡은 수능 시험이 끝날 때까지 스스로 금지곡으로 삼았었다.

지금 생각해 보면 어처구니가 없지만 이상하다고 단 한 번의 의심도 없이 일상을 보냈다. 그렇다고 공부를 잘했느냐? 그렇지 못했다. 나는 이과였지만 수학에는 젬병이었고 외우는 데도 소질이 없었다. 공부 외에는 아무것도 하지 않았고 다른 걸 할 생각도 없이 열심히 했지만, 결과는 늘 좋지 않았다. 그래서 하루하루가 '좌절'이던 시절이었다. 순간순간이 암흑이었다. 어둡고 긴, 끝이 보이지 않는 터널을 지나는 기분이었다.

후에 고등학교를 졸업하고 스무 살이 넘어서 고등학교 동창을 만난 적이 있었다. 고등학생 시절에는 대화해 본 기억이 거의 없는 친구였다. 어느 날 반갑게 친구와 조잘대던 내게 그녀가 이렇게 말하기도 했다.

"윤희야 너는 조금만 심했으면 자폐증이었을 거야, 그렇지?"

악의 없이 건넨 이 말이 오래 기억에 남아 있다는 건 나도 동의했기 때문일 거다.

"열심히 안 해도 됩니다. 나는 잘하는 사람을 원해요. 그 시간에 뭘 하든 그건 Yuni 님이 잘 관리하시면 됩니다. 중요한 건 결과로 보여주는 거예요."

"이제는 열심히 하는 걸로는 부족해요. 잘해야 합니다!"

나를 지나쳐 간 많은 매니저가 나에게 전한 조언의 말들이었다. 나는 대체로 '잘' 보다는 '열심히' 하는 사람이었었나 보다. 그래서였을까.

항상 내가 부족하다고 느끼는 일이 많았다.

그래서 또, 더 열심히 했다.

시간은 내가 생각한 것보다 더 많은 것을 해결해 준다. 혼란함을 걷어주기도 한다. 내 경우에는 무심코 남들이 내게 알려주고 말해주어 '아, 그렇구나.'라고 생각해 넘어갔던 것들에 대해서 더 깊이 생각할 수 있었다. 명료하게 정리도 해주었다.

휴직 동안 나는 내 생각들에 대해서 많은 것들을 더 깊이 생각하고 분류할 수 있었다. 속도에 차이가 있을 뿐, 복기하다 보면 결국은 알게 되는 것이다.

나는 '잘'하는 것보다 몇 곱절은 더, '열심히'를 중요하게 생각하는 사람이었다. '잘'하기 위한 요령보다, 그리고 그래서 만들어진 결과가 좋다고 하더라도 '열심히' 그리고 '성실히' 만든 과정이, 반드시 필요한 사람이다. 그리고 대부분의 경우 '열심히', '성실히' 만든 과정은 그렇지 않은 결과를 만들기가 더 어려운 법이라고 굳게 믿고 있다.

성실히, 열심히 하는 과정을, 그 우직한 얼굴을, 투박한 걸음을, 뚜벅뚜벅 채워가는 행보를, 나는 몹시 사랑하고 존경한다.

'잘'하기 위해 궁리하고 고민하는 영리한 얼굴과 표정을 가진 이들에게는 (미안하지만 아직까지는) 약간의 거리감이 느껴진다. 그들에게서 너무 많이 그리고 자주 '굳이?', '지나친 거 아니야?', '꼭 그럴 필요까지 있어?'라고 말로, 눈으로,

몸으로 하는 언어를 하도 들어서인지도 모르겠다. 자꾸 부정적인 피드백을 하고 내가 안쓰러운 마음에 알려주고 싶어서 안달이던 그들이 내게는 마냥 좋게만 느껴지기 힘들었다.

이 또한 내가 더 시간과 정성을 들여 극복하고 노력해야 하는 부분이다.

그래서일까?

나와 비슷한 내음을 풍기는 이를 만나면 내가 꼭 알아봐 주고 싶다. 그리고 알려주고 싶다. 열심히, 성실하게. 결과만큼이나 과정까지도 신경 쓰며 정성을 다하는 누군가가, 설혹 예상치 못한 결과로 잊히는 일이 없도록. 그로 인한 상처로 너무 오래 힘들지 않도록. 너무 오래 넘어져 있지 않도록.

혹여 눈에 보이지 않는다고 해도 결코 사라지거나 없어지지 않을 그 농밀한 시간이 쌓인, 견고한 과정에 대해서 충분히 축하해 주고 싶다.

누구보다 제일 먼저 내가 꼭 알아보고 그 시간의 소중함을 흠뻑 축하해 주고 싶다.

숨 좀 쉬며 살아볼까 합니다

　사이렌 오더로 주문한 '오늘의 커피'를 가져간 텀블러에 담아서 전해 받았다. 그러고는 여느 때와 마찬가지로 별다방 2층의 커다란 테이블 한 귀퉁이, 나의 지정석에 앉았다. 앉아서 노트북을 열고 보니 오늘이 12월 첫날이었다.

　2022년의 마지막 한 달이 시작되었다.

　한 해의 마지막 달, 그 첫날에 나는 큰아이에게 정말 진심으로 화를 내고 소리를 질러댔구나. 휴직 후 처음이었다.

　그래서인가?

　커피를 한 모금 들이켜는데, 그리고 마음을 진정시키려고 가져온 책을 읽는데 자꾸만 울고 싶어졌다. 주변에 사람들이 여럿 있었지만, 카페에는 머라이어 캐리 언니의 익숙하고 경쾌한 크리스마스 캐럴이 밝게 맑게 울려 퍼지지만.

나는 왈칵 눈물이 날 것만 같았다.

역대급 한파라는데, 큰아이는 아침 등굣길 허둥대느라 늘 입던 롱패딩도 못 챙기고 집을 나섰다. 나와 아이 둘 다 차에 타고 아파트를 벗어나고서야 겨우 체육복 윗도리만 가지고 나온 걸 알았다. 하지만 지각은 안 된다며 그대로 등교했다.

그런 아이가 걱정되어서일까?

그러고는 채 10분도 안 되는 차 안에서 원서를 쓴다며 서류를 꺼냈다. 아직 어디로 할지 고등학교도 정하지 못한 상태였던 터라 나는 속이 터질 지경이었다. 결국 '펑!' 하고 내 속에서 무언가 터졌고 버럭 하고 소리를 질러버렸다.

9시부터 고등학교 원서 상담이라는 아이에게

"그래서 잘도 상담하겠다!"

라고, 생전 아이에게 하지 않던 비아냥까지 날렸다.

왜 그랬을까?

154

무엇이 내 속의 줄을 '탁' 하고 끊었을까?

어제 급하게 인터넷으로 찔끔 찾아보고 테스트까지 한 세 군데 영어 학원이 단 하나도 맘에 들지 않아서일까? 아이들이 고등학교에 가고 중학교에 가는데 나 역시 다시 일터로 나가서 더 분주히 열심히 일에 시간을 들여야 하는 게 막막해서일까? 그게 이제 막 3개월 앞으로 다가온 사실에 점점 불안한 마음이 커서일까?

큰아이는 공부에는 자신만만했다. 하지만 테스트에서 적나라하게 드러난 자신의 영어 실력에 당황했었나 보다. 아이의 숨결에 불안이 한가득 전해졌다. 아이의 그 모습이 또 모두 다 이곳으로 이사 온 6년 전, 그때부터 시작된 잘못된 나의 선택 탓인 것만 같았다. 똑똑하고 잘하고 싶은 의지가 많은 아이를 너무 편안한 곳에 데려다 놓고 이제야 소용도 없는 뒤늦은 후회를 하는 스스로가 참기가 힘들다.

불안해하는 아이를 더 불안하게 만드는 스스로가 바보 같아 밉고 화가 나다 못해 울컥하고 눈물이 쏟아질 것만 같았다.

나는 대체 언제쯤 어른이 되는 걸까.

언제까지 이렇게 어린 마음을 가진 채일까.

죽기 전에는 과연 내가 생각하는 어른스러운 마음을 가지게 될까.

내 마음이 파도처럼 이만큼 밀려왔다가 또 저만치 밀려갔다. 일렁일렁하는 마음이 쉬 가라앉지 않았다. 한번 일어나기 시작한 불안함과 걱정이 꼬리에 꼬리를 물고 커져만 갔다. 오늘은 진하게 내려 항상 물을 타야 했던 '오늘의 커피'조차 쓰게 느껴지지 않았다. 커피만 마시며 내내 창밖만 보다가 벌써 요가원으로 가야 할 시간이 되었다.

아무것도 하고 싶지 않았다. 정말 격하게, 아무것도 하고 싶지 않았다. 원한다면 그래도 되는 날이었다. 하지만 생각 없이 차를 타고 또 습관처럼 요가원 지하 주차장에 떡하니 차를 대고 말았다. 가벼운 한숨이 나왔다. 어기적거리며 요가원으로 향했다.

멍한 표정으로 가부좌를 틀고 강사님의 안내에 맞춰서 호흡을 시작했다.

"수련 시작하겠습니다. 척추를 세우고 좌골뼈 깊게 앉습니다.

눈을 감으세요. 시선은 나의 코끝에 둡니다.

편안하게 숨을 쉽니다. 천천히 마시고 천천히 내쉽니다.

갈비뼈를 넓히며 가득 마십니다. 배를 납작하게 만들며 모두 내뱉습니다.

마시고, 내쉬고, 마시고 내쉬고….”

최대한 마음을 가다듬고 앉아 호흡을 시작했다. 쉼 없이 쉬던 숨이지만 아직도 여전히 불규칙했다. 한참만에야 일정한 길이로 마시고 내쉴 수 있게 되었다. 그리고 이내 점차 길게 호흡을 마시고 길게 내쉴 수 있게 되었다. 짧은 순간인데 불규칙한 호흡을 내쉬는 시간이 길게만 느껴졌다.

겨우 일정하고 긴, 안정적인 호흡을 시작했다고 느낀 순간, 갑자기 호흡 대신 눈물이 쏟아지기 시작했다. 한번 시작된 울음을 멈출 수가 없었다. 숨을 들이켠 뒤 내쉴 때는 눈물과 콧물이 막무가내로 쏟아졌다. 눈앞이 흐려져서 눈을 뜨고 있을 수가 없었다.

5분도 되지 않는 호흡 명상 시간에 나는 꺽꺽 소리라도 날까 봐 최대한 참아내며 대신 왈칵왈칵 눈물을 쏟아가며 숨을 내쉬었다.

호흡은 정직했다. 내가 느낀 행동과 그로 인한 몸의 변화와 느낌이 고스란히 있는 그대로 드러났다.

호흡 명상이 끝났지만, 나는 눈을 제대로 뜰 수가 없었다. 수련을 시작하며 강사님과 그리고 옆자리 분들과 인사를 나눌 때까지도 제대로 바라볼 수가 없었다. 그렇게 시작된 수련은 오롯이 내 호흡과 자세에만 집중할 수 있었다. 눈물과 콧물 대신 땀이 되어 온몸의 물들이 나오기 시작했다. 호흡이 거칠어질수록 정신만은 더 또렷해졌다.

이제야 겨우 끝없이 일렁대던 마음의 파도가 잠잠해졌다. 나의 불안은 모두 내 생각 속에서 존재했다. 생각에 맞추어 몸을 움직이기 시작하니 크게 나선형을 그리며 잦아들 줄 모르던 내 생각 속 불안이 점차 파동의 크기를 줄여갔다. 숨으로 호흡으로 토해내듯 나온 것들이 모두 불안의 찌꺼기들인 것만 같았다. 그 어느 때보다 격렬하게 숨을 쉬고 울음을 토해내고 나니 정신이 또렷해졌다.

지금 내가 할 수 있는 것에만 집중하기로 했다.

일단은 부끄러움을 무릅쓰고 큰아이의 롱패딩을 학교에

가져다주기.

지금은 어쩌지 못하는 지난 일에 대한 후회는 개나 줘 버리기.

지금부터 내가 할 수 있는 일에만 집중하기.

그리고 언제든 내가 할 수 있음을 다시 알아차리기.

오늘 내가 몸으로 체득한 이 경험이 또 나의 큰 자산이 되었다.

옆자리 분께 끼친 민폐와 부끄러움만 이겨내면 된다.

두려움 대신 따뜻한 마음을 선택하는 습관

　지금의 내 모습을 보면 상상하기 힘들겠지만, 대학교 때까지도 부끄러워서 자주 고개를 숙이고 다녔다. 뭐가 그렇게 부끄러웠을까, 참말로? 그때의 내가 얼마나 어리고 예쁘고 싱그러웠을지 굳이 누가 말해주지 않아도 알아차려야 했는데. 나는 정말 수줍음이 많았다. 낯선 사람들과 함께 있으면 말도 제대로 하지 못했다. 아니 자신감이 부족했다는 게 맞는 말이다.

　자신감은 목소리에서 드러난다고 했던가.

나는 가늘고 작은 목소리로 20대를 보냈다.

마흔이 되기 전에는 '시크', '도도' 그 자체였다(라고 혼자 생각한다.). 하지만 돌아보니 남의 일에 참견하고 싶지 않았을 뿐이었다. 그럴 만한 여유라고는 없었다. 몸도 마음도 분주하고 바빠 남까지 돌아볼 생각은 하지 못했다. 그저 나에게 주어진 역할과 일들을 해내는 것만으로도 매우, 몹시 버거웠다. 잘도 다른 사람들에게 참견하는 아주머니들을 지나치게 오지랖이 넓다고 여겼었다.

요새 한창 방영 중인 드라마 〈치얼업〉에서 나온 짧은 영상 하나를 봤다.

남자 주인공으로 보이는 인물 훤한 총각이 말한다.
"나 과탑이야."
그러자 여자 주인공이 건성으로 대답한다.
"아, 예."
그리고 먹고 있던 크림빵을 마저 베어 문다. 그리고 정말 하고 싶은 말은 장단까지 넣어가며 혼잣말하듯 말한다. 물론 상대 남자에게 잘 들리도록.

"물~어 본 사람~? 궁~금한 사람~?"

어찌나 웃음이 나던지.
누가 물어봤냐고? 누가 궁금해했냐고?
그야말로 요샛말로 TMI(Too Much Information)라고!

둘째와 함께 수영장을 다녔다. 둘째의 틱이 조금 나아지는가 싶더니 내내 제자리였다. 둘째가 하고 싶은 것 중에서 같이 할 만한 걸 찾아보다가 집 근처 수영장에 함께 다니기로 했다. 아이와 같이 가려니 가능한 수업은 평일 저녁 직장인반뿐이었다. 다행히 엄마인 나와 함께라면 초등학생도 6학년은 참여할 수 있단다. 12월 한파가 오면서 귀찮니즘이 최고조에 달해서 결국 그만두게 되었다. 그래도 한두 달 다녀볼까, 하고 시작한 게 반년을 넘게 다니다니 기대 이상이었다. 그 덕에 속성으로 접영까지 자세는 얼추 배울 수 있었다.
역시 빨리빨리의 나라, 대한민국 만만세!

초급을 속성으로 마치고 중급으로 올라가면서부터 수영 수업이 쉽지만은 않았다. 오전에 요가라도 한 날이면 저녁 수영 수업을 하다가 쓰러질 것 같은 기분이었다. 뭐라도 먹고 가는 날은 속이 하도 부대껴서 토할까 봐 걱정되었다. 그래서 빈속으로 간 날은 또 체력이 달려서 하늘이 노래졌다. 게다가 수업 시간 내내 힘들다며 투정과 짜증을 내 귀에다 대고 쏟아붓는 둘째 녀석 때문에 내 귀에서는 정말 피가 나는 건 아닌지 손가락을 귓속에 넣어보고 싶기까지 했다. 참말로 진퇴양난이었다.

그럼에도 불구하고.

강아지 레트리버가 인간의 형상을 했다면 딱 우리 둘째 녀석 같았을까? 수영장에서 만나는 모든 사람과 인사하며 행복해하는 녀석에게서 내내 신나서 흔들어 대는 레트리버의 꼬리가 보였다. 참으로 착하고 명랑하고 무해한 존재, 그 자체였다. 그렇지만 가끔은 무지하게 귀찮은 존재. 그런 둘째 녀석 덕분에 당장이라도 때려치우고 싶은 마음을 이겨내고 근근이 수영을 이어갈 수 있었다.

수영장에 들어서면 눈이 마주친 모든 사람과 가벼운 눈인사라도 해야 한다. 수영장에 다니면 함께 수업을 듣는 사람들과는 물론이고 수업 전 연습하는 풀장에서 만나는 분들과도 인사하는 게 규칙인 듯하다.

하루는 처음 보는 아주머니께서 친근하게 말을 거셨다. 아이와 함께 몇 마디 간단한 인사말이 오갔다. 잠시 후 내게 수영복을 어디에서 샀냐고 물어보셨다. 기억이 나지 않을 만큼 오래전에 산 수영복이라서 브랜드만 알려드렸다. 나는 이때까지만 해도 내 수영복이 예뻐서 물어보는 줄 알았다.

그런데 실상은 정반대였다. 무언가 내 수영복이 안타까워 보이셨던 거다.

수영장에 오는 모두가 입는 검은색의 아레나가 아니었다. 아레나가 아니더라도 대부분 검은색 혹은 어두운 계열인데 나는 그도 아니었다. 비슷한 색을 찾기 힘든 밝은 형광 주황색 수영복이었다. 게다가 수영장보다는 휴양지가 더 어울릴 거 같이 레그라인이 '훅!' 하고 파여 있었다. 골프로 더 알려진 스포츠 브랜드에서 나온, 언제 산 건지 기억도 안 나는 수영복이었다. 한두 달만 다닐 요량으로 집에 있는 가장 무난한 실내 수영복용으로 골랐으나 요 모양 요 꼴이었다.

친히 상세 주소까지 알려주시면서 수원에서 괜찮은 샵을 발견했다며 말씀하셨다. 혹여 내가 기분이라도 나빠할까 조심스러우셨나 보다. 본인 경험이라며 덧붙여 말씀하셨다.

"수영장 물이 독해서 주기적으로 수영복을 자주 갈아줘야 해. 나 지난번에 하마터면 망신당할 뻔했잖아. 구멍 난 수영복을 미리 발견했기에 망정이지."

사려 깊고 따뜻한 이 다정함이 감사했다. 물어보지도 않았고 궁금하지도 않았지만.

이제 나는 사십 대 후반으로 접어들었고 그게 어떤 마음인지 너무도 잘 알기 때문에.

지나치다 만난 사람이 곤경에 처해 있는 경우 그냥 지나갈 수가 없다, 절대로!

곤경까지는 아니더라도 무언가 궁금해하거나 알려주면 더 나을 거 같은(순전히 나의 생각이지만) 상황의 누군가를 보면 스스럼없이 말을 건네서 도움을 주고 싶다. 그게 그저 스쳐 지나치는 길거리의 인연일지라도 상관없다. 오지랖이라고 해도 어쩔 수 없다.

당황해하는 숨결이 공기를 타고 진하게 내게 전해진다.

절대로 모른 척할 수가 없다.

나의 두 아들들 말로 '굳이?'라며 친절하게 행동하는 대신 두려움을 피하고자 할 때가 많았다. 나의 어쭙잖은 친절이 오히려 그들을 난처하게 할 수도 있다며 대충 피할 때도 많았다. 그런데 슬슬 나이가 들어가며 알게 된 것일까. 아니 그보다는 경험치가 쌓여가며 내가 생각하는 '굳이?' 대신에 선택한 친절함이 훨씬 더 도움이 된다는 것을 자주 겪고 그래서 알게 되었다. 내가 행한 작은 친절이 나비효과가 되어 몇 배로 돌아오는 것도 몇 차례 경험하고 나서 결국 알게 되었다. 세상은 비관주의나 냉소주의가 아니라 낙천주의와 따뜻한 친절을 통해 돌아가고 발전하고 이어가고 있었다.

그래서 아주머니들은 그렇게 세상 인자한 표정과 말들로 내게 따뜻함을 전해왔던 것이었다. 철없던 시절 나의 냉소와 반감에도 굴하지 않았었다.

그리고 이제는 내가 그 차례가 되었다.

About him

　스스로 대체로 너그러운 편이라고 생각한다. 모두가 자신에게 그러하듯이.

　한때의 나는 좀처럼 화가 나지 않는 편이었다. 서점을 찾아가서 '화내는 법'이라는 책도 찾아서 읽었다. 저자 이름은 기억이 안 나지만 일본 작가의 책이었다. 아직도 한두 구절은 기억날 정도로 당시의 나는 주의 깊게, 신경 써서 화내는 법을 알려준다는 그 책을 읽었다. 생각해 보니 10년도 더 된 일이구나. 그때의 나는 그랬다.

　화가 잘 안 난다기보다는 늦게 나는 것일까? 성격은 급한

편인데 반응 속도가 느릴 때가 많다. 시간이 지나서는 무엇이든 잘 알게 된다. 하지만 막상 상황을 맞닥뜨렸을 때는 당황한 탓인지, 느린 탓인지 제대로 말하지 못하는 경우가 많았다. 당장은 뭐가 뭔지 빠르게 상황 판단을 못 하는 경우도 더러 있었다. 그나마 다행인 점을 찾는다면 그래서 종종 지난 상황을 곱씹는 경우가 많고 그래서 누구보다도 정확하게 알게 된다는 점이다. 물론 시간은 한참이나 지나서.

　　그런데 유독 그에게만은 자주, 많이, 몹시 화가 난다.
　　즉각 즉각 빠르게 화가 난다.
　　세상에 오직 한 사람 그, 내 남편에게만.

　　내게는 보통 아무래도 좋은 일이 많다. 하지만 그는 아니다. 아무래도 좋은 일이란 건 거의 없다. 대체로 아무래도 좋지 않은 일들이 많다. 그래서 그에게는 신경 써야 하는 것들이 넘쳐난다. 늘 신경을 곤두세우고 주변을 살피곤 한다.
　　그래서일까?
　　아무래도 좋은 사람과 아무래도 좋지 않은 사람이 만나면 아무래도 좋은 사람의 의견은 뒷전인 경우가 많다. 아무래도 좋지 않은 사람이 괜찮다는 것을 하는 경우가 대부분이다. 그런 작은 것들이 모이고 모여서 이렇게 주체 못 할 만큼의 화가 된 걸까? 우리가 만난 지 올해로 꽉 채운 24년이 넘었으니 아주아주 그럴듯하다.

나는 지나치게 다른 사람들을 신경 쓰는 편이다. 내게 몹쓸 말을 한 사람에게도 그 사람이 당황해 할까 봐 얼굴을 마주하고 있을 때는 솔직하게 말하지 못하는 경우가 많다. 그러고서는 혼자서 잠을 못 이룬다. 하고 싶은 말을 몇 번이고 머릿속에서 정리한 다음 굳이 다시 만나서 이야기한다. '너무 다른 사람 위주가 아닐까.'라고 느끼는 일들이 자주 있었다.

그는 인생의 중심에 본인을 잘 세운 사람이다. 하지만 나는 평소 그를 지나치게 본인 위주라고 생각한다. 생각만이 아니라 입 밖으로 내서 그에게 전하며 상처를 주기도 한다. '나와는 정말 다르구나!'라고 느낄 때가 참 많다.

그런 둘이 만나서 그 처음이 그렇게 끌렸을까.

그가 여러 차례나 주변 사람에게 나에게 처음 반한 순간에 관해서 이야기했었다. 막 대학교 2학년이 된 3월이었다.

'여성학'이라는 수업을 들었다. 수업 중에는 종종 조를 나눠서 토론하고 정리하는 시간이 있었다. 나는 같은 조가 거의 친구들과 함께였음에도 불구하고 몇 안 되는 낯선 사람들과 이야기하는 게 불편했다. 그래서 조용히 먼저 서기를 자처했다. 그게 편했기 때문이었다. 다른 사람들을 위해 어려운 일을 자처하고 싶은 마음으로 한 일이 아니었다. 순전히 그게 편하고 내게 더 나았기 때문에 한 일이었다.

나의 그런 모습을 어지간히도 배려가 넘치는 사람으로 생각했었다고 했다. 정말 사람들은 다들 자기 편한 대로 생각하는데 말릴 수가 없다.

그는 곱게 자란 도련님 같은 느낌이었다. 친구들과 따로 모였을 때 이야기할 정도로 그는 옷을 잘 입는 사람이었다. 딱 달라붙는 체크무늬 바지는 당시 공과대학에서는 보기 드문 차림새였다. 그런 곱상한 외관과는 달리 서슴없이 의견을 펼치는 강한 모습이었다. 돌아보면 다분히 공격적인 모습이었다. 그래서 기억에 남았다. 나는 하기 힘든 말들을 잘도 했다. 그런 모습이 인상적으로 남는 어린 시절이었다.

지나고 보면 불같은 연애를 했다. 이렇다 할 연애도 못 해본 상태에서 처음 만난 사람과 7년여를 연애했고 결혼했다.

'이 사람이 아니면 안 돼.'라든가 하는 것보다 그저 물 흐르 듯 자연스러웠다. 오래 만났으니 결혼해야지 하는. 그런 자 연스러움을 당시에는 운명이라고 생각했었다.

하지만 불같이 연애하던 그때도 문득문득 그런 생각을 했 었던 기억이 난다.

'그는 나를 훨훨 날게 해주는 사람이 아니라 날개를 꺾어 새장에 가두는 사람이구나!'라고.

그때 나는 용기를 냈어야 했나?

오래 만난다고 다 결혼하는 건 아니라는 생각조차 해본 적이 없었다.

그래 20년도 더 전의 일이니까. 옛날이었다, 그때만 해 도.

휴직하기로 마음먹으면서 우려하던 일 중 하나는 너무 많 은 시간을 남편과 보내는 건 아닐지 하는 것이었다. 휴직을 시작할 무렵 우리 둘은 제대로 된 대화를 하기 힘든 상태였 다.

내 마음에, 남편에 대한 고마운 마음 대신 원망을 가득 채 우기 시작한 건 아무래도 아이들을 낳고 나서부터인 듯하다. 아니 다시 돌아보니 아이를 임신하고부터가 맞다.

서른하나에 큰아이를 출산했으니, 누가 보든 적당한 때였
다. 하지만 나나 남편이나 부모가 될 준비가 되지는 않았던
것 같다. 아이를 임신했던 때부터 나는 남편에게 서운한 일
들이 쌓여갔다. 그건 남편도 마찬가지였었다. 서로가 서로
에게 당연하다고 느꼈다. 당연하다고 느끼니 감사한 일은
거의 없었다. 원망이 날로 쌓여갔다.

회사에 다니던 때 우리는 대화할 시간이 턱없이 부족해졌
었다. 그러니 얼굴을 마주하고 말하는 시간은 정말 긴급한
건 먼저였다. 긴급한 일들이 좋은 일인 경우는 많지 않았다.
이야기를 시작하면 이내 곧잘 싸움으로 바뀌었다. 서로에
대한 원망과 화로 가득해져만 갔다.

부모의 불화는 아이의 불안을 키운다고 하는 이야기를 얼
핏 들었다. 다른 여러 가지 부모의 잘못이 아이의 ○○을 키운
다는 문장이 줄줄이 뒤를 이어 나열되었지만 오로지 불안에
대한 문구만 기억에 남는다. 내 아이의 모습이기 때문이다.

결국 아이들의 현재는 나와 남편의 공동 작품이다.

내가 휴직하고 그도 달라졌던가?

눈에 띄게 달라진 건 나였다. 내 마음에 조금씩 그의 말을 들을 공간이 생겨났다. 오직 일로 가득해서 그의 말을 담을 공간이 없던 내 마음에 그의 말과 생각들을 채울 수 있는 여유가 생기고 나니 주체 못 하던 화도 원망도 조금씩 옅어져 갔다.

우리는 매주 금요일마다 좋은 곳에서 시간을 보냈다. 연트럴파크로 불리는 연남동에 가기도 하고 양평도 자주 갔다. 금요일을 함께 보내지 못한 주에는 주말에 따로 둘이 함께 카페에서 차를 마시고 이야기를 나눴다. 풍경 좋은 곳에서 맛있는 걸 먹으며 이야기할 때 얼굴을 붉힐 일은 많지 않았다. 대신 작은 것에도 쉽게 웃으며 말을 주거니 받거니 했다. 이야기라고 해 봤자 아이들에 관한 주제가 8할이 넘었다. 그래도 남은 2할의 우리만의 이야기가 쌓여가니 점차 그에 대해 너그러운 마음이 늘어가는 것이 느껴졌다. 외로웠던 어린 시절에 대한 연민도 커졌다. 내가 몹시 힘들어하던 잔소리쟁이 남편. 그러나 아이들을 챙기고 수시로 확인하는 것은 그만의 사랑의 표현이었다.

결국 가장 필요한 것은 '함께'하는 시간이었다. 함께 있는 시간이 늘어갈수록 급격하게 그에 대한 원망과 화도 누그러졌다. 조금씩 옅어져 갔다. 아직 모두 사라졌다고 말하지는 못하겠다.

하지만 이것만으로도 내게는 굉장한 진보다!

한때 나는 그를 철없게 느끼곤 했다. 여전히 '사랑 타령'을 하는 그가 이해되지 않았다. 나는 진즉부터 '인간 극장'을 찍으며 억척스러운 아줌마가 되었는데 그만 여전히 '로맨틱 시트콤'을 찍고 있는 것만 같은 차이가 느껴졌다. 그는 변한 나의 사랑을 애정이 식었다고 생각했고 나는 여전한 그의 사랑을 철없게 생각했다. 재일 교포 출신의 작가 강상중 님의 『고민하는 힘』에서 사랑하는 것에 대한 글귀를 만났을 때 생각했다.

'우리의 사랑은 사라진 것이 아니었구나. 그저 잠시 사랑의 모습이 바뀐 것이구나.'

"많은 사람들은 애정의 온도가 떨어졌을 때 쓸쓸함을 느낍니다. 그러나 그것은 사랑의 모습이 바뀐 것일 뿐이지 사랑이 사라진 것은 아닙니다.

돌이켜 생각해 보면 사랑은 그때그때 상대의 물음에 응답하려는 의지입니다."

– 강상중, 『고민하는 힘』

나는 남편의 물음에 응답하려고 했었나? 그저 나의 상황을, 나의 힘듦을 이해해 주기를 바랐던 시간이 길었다.

언젠가 남편 동료들을 만난 자리에서 자연스럽게 나를 자신의 '애인'이라고 소개했던 적이 있었다. 나를 아이 엄마나 아내가 아니라 '사랑하는 연인'으로 여겨주는 고마운 남편. 여기서부터 계속 우리 이야기를 만들어 가고 싶다.

여전히 듣기 힘든 그의 잔소리는 한 귀로 듣고 다른 귀로 흘려버리자. 나와 아이들을 염려하고 신경 쓰는 마음만 남기자.

물론, 결코! 쉽지 않다. 아직도 너무나 곧잘 화가 난다.

하지만 이 관계에 대한 의지와 희망이 생겼다는 것, 그것으로도 나는 스스로가 넘치도록 대견하다.

그래… 아직은 이 정도다.

5장

사랑하는 그녀들에게

보내는 위로

당신은 조금 덜 아프길

외국계 회사에 다니는 큰 장점 중의 하나는 나와 다른 문화권의 사람들과 일하고 또 친구가 된다는 것이다. 2019년 8월에 내부 조직이 크게 개편되면서 나는 한국이 아닌 글로벌 팀에 속하게 되었다. 어쩌다 보니 내 팀에는 반도체 분야에서 보기 드물다는 여자 영업 사원이 세 명이나 있었다. 게다가 놀랍게도 모두 워킹맘이었다!

타이완의 P는 아이가 셋, 나보다도 열 살은 어린 싱가포르의 J는 무려 넷이었다! 한국에서는 모두가 대단하다며 추

켜세우던 아들 둘 워킹맘인 나는, 명함도 못 내미는 상황이었다.

타이완에는 본사인 미국 외에도 아시아 향으로 건설된 공장이 여럿 있었다. 영업 담당인 나는 한국 고객사와 종종 공장 방문차 타이완에 가는 일이 잦았다. 그때마다 호스트를 자처하며 많은 도움을 주던 P. 나보다 한 살이 많아 한국어로 "언니."라고 부르면 알아듣고 신나 하던 그녀였다. 사려 깊고 유쾌한 그녀는 내가 배우고 따르던 사내 멘토 중 하나였다.

처음 P가 아이가 셋이나 있는 워킹맘인 걸 알게 된 것은 고객사와 대동한 타이완 출장에서였다. 일정을 모두 마치고 고객과 함께 저녁 식사를 하면서 분위기는 점점 편안하게 흘러갔다. 업무가 잘 마무리되었다는 뜻이었다. 처음으로 개인적인 이야기도 오갔다. 보통 직원들 사이에서는 개인적인 질문을 거의 하지 않아 사생활을 알기는 힘들다.

그런데, 친정엄마 없이 육아와 회사 생활을 병행하는 일이 상상하기 힘든 것은 아시아 공통인 걸까? 타이완도 예외는 아니었다. 세계 3대 반도체 제조업체를 보유한 나라이기도 하고 열정적으로 일하기로 소문이 자자한 나라다웠다.

아이 셋을 키우며 친정으로 출퇴근하는 힘겨운 여정이 한국과 같았다. 한 명도 두 명도 아닌, 셋이나 되는 아이를 키우며 그녀가 했을 수없이 많았을 고민과 눈물, 그리고 한숨이 말하지 않아도 전해졌다. 그럼에도 늘 유머를 잃지 않고 배려가 넘치는 그녀가 대견했다. 그야말로 멋짐이 폭발했다.

이야기는 다시 이제 막 타이완지사에 새로 입사한 여자 영업 사원에 대한 주제로 넘어갔다. 막 삼십 대가 된 멋진 그녀와 그녀들에 대해 칭찬하던 중이었다. 젊은, 아니 어린 그녀들의 반짝임이 사랑스러웠다. 하지만 부럽지는 않았다. 내가 말했다.

"그럼에도 나는 삼십 대로 돌아가고 싶지 않아. 다시 아이를 키우고 일하고 할 자신이 없어. 모르니까 지나왔지. 알고 난 후에는 다시 할 수 없는 일이야. 나는 마흔이 넘은 지금의 내가 훨씬 좋아."

P의 눈이 튀어나올 정도로 동그래졌다. 그러면서 내 의견에 전적으로 동감이라며 몇 번이나 연신 말했다. 우리는 삼십 대가 기억나지 않는다고 외쳐댔다. 통으로 그 10년이 사라진 듯하다고. 누군가 시간을 돌려서 10년 전으로 되돌려

준다고 해도 절대 그 시절로 돌아가고 싶지는 않다고. 그 어두운 시기를 지나온 현재가 훨씬 감사하고 좋다고 연신 서툰 콩글리시와 타이와니시로 외쳐댔다. 언어는 말뿐이 아니니까. 우리는 표정과 눈빛으로 눈물겹게 공감했다.

워킹맘으로서 느끼는 어려움과 괴로움은 아직도 매일 현재 진행형이지만 그래도 아이들이 어렸던 때와 비할 바는 아니다. 나를 아는 많은 사람이 아이들에게 집착하는 내 모습을 어울리지 않는다고들 했었다.

배 속에 있을 때만 해도 실체를 보지 못해서일까. 실감을 하지 못했었다.

첫아이를 낳고 한 달이 조금 지나서였나. 밤에 아이와 함께 잠자리에 들었는데 불안한 마음에 잠을 잘 수가 없었다. 아파트 1층에 살았던 시절이었다. 창으로 가로등 불빛 때문에 생기는 나무 그림자가 바람에 흔들리며 어른거렸다. 금방이라도 누군가 들어와 세상에서 내게 제일 소중해진 존재인 아이를 데려갈 것만 같았다. 심장이 두근거려서 쉬 잠들지 못했던 기억이 생생하다.

아이를 낳고 엄마가 되어서야 왜 사람이 사람을 죽이면

안 되는지 알았다고 하면 너무 우스운가. 물론 도덕과 윤리로 사람을 해치면 안 된다고 배웠고 누구도 해칠 생각은 해본 적이 없다. 하지만 아이를 낳고서야 비로소 이렇게 소중한 생명을 해치는 것이, 얼마나 벼락을 맞을 짓인지 그제야 알게 되었다. 그렇게 소중한, 내게는 세상에서 가장 빛나는 생명체와 떨어져 일하러 나가는 건 날마다 나락으로 떨어지는 기분이었다. 아직 첫아이가 백일도 되지 않았던 때였다. 하루하루가 절망이었다. 그저 출근하고 그저 퇴근했다. 말 그대로 꾸역꾸역. 성과가 좋은 직원이라든가 성취감을 높이는 것 따위는 개나 줘버렸다. 안중에 없었다. 업무 중에도 몰래 맘 카페에 들어가 일하는 엄마들과 소통하는 게 제일 재미난 일이었다. 그러니 업무 성과는 기대할 수가 없었다.

아이가 너무 어리니 어린이집을 등원하는 것도 힘들었다. 출산 휴가 3개월이 다 끝나가자 일단 같은 아파트 단지에서 이모님을 구하기로 했다. 여러분들이 오셨고 나름 꼼꼼하게 보고 대화를 나눴다고 생각했다. 앞 단지에 사시는 이모님께 부탁을 드리기로 했다. 내가 아침에 출근하면서 아이를 데려다주고 퇴근하면서 다시 아이를 데려오기로.

한 달 정도가 지났을까. 아이가 집에 와서도 쉬 잠들지 못했다. 워낙에 기질이 예민한 편이라고 생각했지만, 더 많이 보채고 특히 많이 울었다. 더불어 나도 잠들지 못하고 출근하는 날들이 많아졌다. 단지 내의 이모님께는 겨우 한 달 남짓 밖에는 아이를 맡기지 못했다.

결국 한 시간 반 거리에 사시는 친정엄마에게 SOS를 칠수밖에 없었다. 일요일 밤에 오셨다가 금요일 저녁에 내려가기를 반복하셨다. 친정에는 할머니도 계시고 아빠도 계셨는데 오래 할 수는 없는 일이었다.

"공부 고만고만하게 하던 딸들은 시집가서 애 키우고 살림하느라 친정엄마랑도 잘 지내는데 대학 나온 내 친구 딸들은 애 맡기고 일한다고 친정엄마를 괴롭히더라."

엄마는 웃으며 농담으로 하신 말씀이었다. 하지만 나는 죄송한 마음과 답답함 때문인지 아직도 잊지 못하고 기억에 담고 있다.

한번 시행착오를 겪고 나니 육아 이모님을 고르기가 더 어려워졌다. 이후로도 두어 분 정도 더 한국 이모님들을 만났다. 하지만 인연이 아니었는지(내가 까다로워서인지) 일주일 정도가 지난 후에는 함께할 수가 없었다. 결국은 난 집에 입주해서 봐주실 수 있는 중국 교포 이모님께 내 월급을

다 드리기로 했다. 하지만 당시에는 남는 돈 없이 아이를 남의 손에 키우는 게 의미 있는 일인지 매일 괴로워했었다.

중국 이모님들은 따뜻하고 밝고 사랑이 가득한 분들이었다. 지금 생각해도 참으로 감사한 일이다. 복이라고 여기고 있다. 덕분에 나는 이 나이까지 단절 없이 일할 수 있었다. 근근이 회사에 다니던 내가 그만두지 않은 절대적인 이유이다. 아이 둘을 낳으면서도 여태껏 회사를 그만두지 않고 20년이 넘는 경력을 쌓을 수 있던 것은 그저 운이 좋게 육아에 도움을 받을 수 있는 귀인과 때마침 만났기 때문이었을 뿐이다.

벌써 10년도 더 된 나의 육아기가 지금은 조금은 나아졌을까. 여전히 비슷한 모양새라는 게 놀랍다. 누구도 예상 못한 팬데믹을 만나면서 우리는 더 힘겨운 상황이 되었다. 결국은 우리는 선택할 수밖에 없었다. 전례를 찾을 수 없는 저출산의 나라가 되었다. 2022년 통계청의 발표에 따르면, 가임 여성 한 명이 평생 낳을 것으로 예상되는 평균 출생아 수는 0.78명이라고 한다. 세계에서 유례를 찾기 힘들게 빠른 속도로 한국의 출산율은 낮아지고 있다. 국가 소멸이라고 떠들어 대는 기레기들에게 빌미를 줄 만큼 결혼과 출산은 아무나 하기 힘든 어려운 일이 되었다.

그럼에도 희망이 있다면 코로나라는 길고 예상 못 한 터널을 지나면서 우리에게 중요한 일상에 대해 모두가 공감하게 되었다는 것이다. 지금의 나처럼.

우리는 당연시했던 모든 소소한 일상들이 얼마나 감사한 일들이었는지 깨닫게 되었다. 그 중심에는 나와 내가 사랑하는 사람들이 있다. 내가 아이를 낳았던 2007년쯤에만 해도 육아 휴직 후 복직에 대해서는 장담할 수는 없었다(아, 결국은 나오고야 마는구나. '나 때는 말이야!'). 이제는 드물기는 해도 육아 휴직을 내는 아빠들도 늘었다는 사실에 격세지감을 느낀다. 그렇다고 복직이 편안한 분위기라는 이야기는 아니다. 정부가 최근 남성 육아휴직 이용을 장려하기 위해 '부모 공동 육아휴직제도'를 확대개편 했지만 여전히 실효성에 대해서는 반신반의한 상태이다. 육아휴직을 낸 남성 5명 중 1명이 3개월도 못 넘기고 직장에 복귀하고 있는 현실을 제대로 반영하지 못했다는 이유에서다.

"한국보건사회연구원의 '출산 전후 휴가 및 육아휴직제도 개편방안 연구' 보고서에 따르면 2020년 육아휴직을 사용한 남성의 24.2%가 3개월 미만의 육아휴직을 이용한 것으로 나타났다."

－"노벨상 수상자 비판 이유있네… 男 육아휴직 '그림의 떡'", 〈국민일보〉, 2023년 10월 19일

여전히 많은 일터에, 그리고 우리들에게도 변화가 필요한 상태이다.

그래서 나는 또 계속 일해야 한다고 생각한다.

아무도 내게 강요하지도 않았고 요구하지도 않지만. 긴 육아라는 터널을 지나서 성장기까지 두 아이를 키우며 일을 하는 모습이 그녀들에게 작은 촛불 같은 불빛이라도 되고 싶다.

"그대들 자신이 곧 길이며 또한 길 가는 자이다.

그러므로 그대들 중 누군가가 넘어진다면 그것은 뒤에 오는 이들을 위해 넘어지는 것이다. 걸려 넘어지는 돌이 거기에 있음을 경고하기 위해."

－ 칼릴 지브란, 『예언자』

캄캄한 길을 걷게 하고 싶지 않아서.

먼발치라도 작은 불빛으로 길이 되어 주고 싶어서.

여기까지는 너 혼자가 아니라고 몸으로 알려주고 싶어서.

비록 돌에 걸려 넘어지더라도 뒤에 오는 이들에게 거기 돌이 있음을 알려주기 위해서.

나는 여기서 멈출 수가 없다.

나를 화나게 하는 인간들을 견디는 법

    내게는 4명의 친한 여자 회사 동료들이 있다. 언제부터 이렇게 나를 포함한 다섯 명이 함께 모이기 시작했는지 정확하게 기억하지 못한다.

    나이도 나보다 세 살 많은 I, 두 살 많은 Y, 한 살 어린 S, 세 살 어린 G까지. 워킹맘 넷에 골드미스가 한 명, 각자 부서도 모두 다르다. 영업팀, 연구소, 재무팀, 물류 팀, G&A까지. 한 회사에 근무하고 있으니 기본적으로 업무가 연관되어 있기는 하다. 하지만 그래도 직접 마주할 일은 거의 없다. 그래서 더 오래 관계를 유지할 수 있었나? 역시나 적당한 거리가 필요한가 보다.

친하다고 여기지만 우리가 다 함께 보는 일은 일 년에 한 번 될까 말까이다. 다들 바쁘신 몸이다. 우리는 둘이 혹은 셋이, 그렇게 가능한 사람들끼리 시간이 될 때마다 점심 번개 모임을 가졌고 그걸로도 충분하고도 넘치도록 에너지를 충전했다.

우리가 만나 식사하는 시간을 누군가가 녹음이라도 하게 된다면 한순간도 오디오가 빈틈이 없다고 느낄 것이다. 쉼 없이 말해도, 계속해서 할 말이 떠올랐다. 끊임없이 하고 싶은 말이 흘러넘쳤다. 우리는 이야기를 듣다가 공감하고, 흥분하고, 놀라고, 또 눈물을 흘렸다. 연신 누군가는 수시로 목소리 톤을 낮추자고 서로에게 상기시켰다. 그리고는 다시 또 가장 흥분해서 이내 우리 중 가장 목소리가 큰 사람이 되었다. 그만큼 몰입해서 대화했다. 다음에 모일 때는 통으로 빌릴 수 있는 데서 만나자고 의견을 모은다. 모임의 마무리 때마다 아쉽다. 오후 반차 휴가를 낼 수 있는 날짜를 확인하곤 했다.

그들은 내게 그저 그 자리에 묵묵히 있어 주는 것만으로도 힘이 되는 존재다. 특별히 대놓고 내게 영향을 끼치려고 하지 않았지만, 마음으로 보내는 지지만으로도 충분했다. 우리는 서로에게 그 누구보다 열렬한 지지 세력이었다. 그들은 끊임없이 도전하고 하루하루 더 나아지는 모습을 내게 보여줬다. 그렇게 멋진 여자들과 만날 수 있고 계속 그들의 성장 과정을 곁에서 지켜볼 수 있다는 것은 얼마나 감사하고 멋진 일인가!

멋진 그녀들 덕분에 회사에서 늘상 마주치는 '나를 화나게 하는 인간들'을 견딜 수 있다고 생각했었다. 그런데 휴직하고, 그 밤을 보내고 알게 되었다. '나를 화나게 하는 인간들'은 견디는 것이 아니라 존재 자체로 내게 큰 울림을 준다는 것을.

평소 내가 추구하는 인간상은 친절하고 차분하며 서로의 말에 귀를 기울이고 도우려고 하는 리더이다. 여기에 명랑함과 유머를 잃지 않으며.
하지만 그 밤, 확실히 나는 '친절'하지도, '차분'하지도, '상대의 말에 귀를 기울이지도' 않았고 '도우려고' 하지도 않았다. 평온함이라고는 찾아볼 수 없었던 내 모습이 다시 떠오른다. 그날의 내 모습과 비슷하게 느껴지는 사자성어들을 찾아봤다.

'안하무인': 교만하여 다른 사람을 업신여김
'기고만장': 기운이 만 길에 이를 만큼 치솟음
'오만방자': 남을 업신여기며 제멋대로 행동함

안하무인, 기고만장… 혹은 오만방자, 그 자체였다.
세상이 다 내 뜻대로 계획한 대로 되는 것처럼 보였나 보다. 내 의지와 힘으로 못 이룰 것이 없어 보이고 다 이룬 듯 기세가 뻗쳐 봐 주기 힘들 만큼 목에 힘이 들어갔다.
'내가 다 해봐서 알아.'
라고 온몸으로 말하고 있었다. 말로 하지 않아도 들을 수 있을 정도였다.
'네가 나약해서 그런 거야.'
라고 눈빛으로 모멸하고 있었다.
다른 사람에게 상처 주기 싫다면서도 내가 하고 싶은 말을 참지도 않고 잘도 해댔다.
'견디는 힘이 부족하다.'라느니, '직장 생활은 더 힘들다.' 라느니….

내가 평소 끔직이도 싫어하던 그들 모습 그 자체였다.

부끄러운 내 모습이 괴로워 책을 펴들었다.
더 부끄러워졌다.

책에서는 내면의 지혜에 귀를 닫고 자기 생각에만 빠진 사람을 알려주기 위한 예로 동화 〈곰돌이 푸〉를 인용했다. 단짝인 푸와 피글렛은 토끼네 집에 잠시 들렀다가 나오는 길이었다. 푸가 토끼가 영리하다고 하고 피글렛은 맞장구를 친다. 다시 푸가 토끼는 똑똑하다며 칭찬하고 피글렛은 토끼가 머리가 좋다고 이야기한다. 둘 사이에 잠시 침묵이 흐르다가 푸가 이야기한다.

"그래서 토끼는 아무것도 이해하지 못 하나 봐."

"자기가 이미 안다고 생각하는 것들에만 매달리는 토끼 같은 사람과 대화할 때면 별로 즐겁지 않습니다. 그런 이들은 바로 앞에 앉아 있으면서도 제 말에 좀체 귀를 기울이지 않는 것 같아요. 마치 제 말이 끝나자마자 뭐라고 대답할지 궁리하느라 바빠 정작 내용에는 관심이 없는 것처럼 느껴집니다. 실제로 제가 무슨 이야기를 했든 보고서라도 되는 듯 계속해서 평가하고 검토하고는 그들의 세계관에 들어맞는 생각이나 관점만을 인정해 주지요. 그런 관계에서는 전혀 마법 같은 일이 일어나지 않아요."

— 비욘 나티코 린데블라드, 『내가 틀릴 수도 있습니다』

남이 보기에는 사소해 보일지라도 나는 죽을 거 같았던 때가 있었다. 그 아득하고 깜깜했던 기억을 잠시 잊었다. 내가 지금 잠시 찬란한 빛에 있는 것만 같아서. 주위가 온통 따스한 봄날의 햇살 같기만 해서 오래도록 가깝게 지낸 회색빛의 겨울 같던 마음은 마치 없던 일처럼 기억에서 지워버리고 말았다.

휴직 동안 나에게 주어진 '집안일'에 또 똑같이 열정을 쏟아부었다. 하지만 반응은 기대 이하였다. 회사 일을 할 때는 함께 일하던 팀원들 혹은 나의 상사로부터 항상 피드백을 받았다. 좋았던 점, 개선이 필요한 점 등등. 하지만 휴직 후에는 그런 과정들이 없었다. 피드백이 스트레스가 되던 때도 많았다. 하지만 오직 그것만 있는 것은 아니었다. 서로를 독려하고 힘을 나누던 역할도 컸었다.

내가 차린, 장장 2시간이 걸려서 만들어진 저녁 식사가 순식간에 없어지지만 아무도 말이 없다. 피드백은 없다. 물론 '잘 먹겠습니다.', 혹은 '잘 먹었습니다.'라는 정해진 인사 같은 말이 오간다. 처음에는 빵빵하게 볼을 채워 먹는 모습만 봐도 뿌듯하고 힘이 났다. 하지만 사람이란 금세 익숙해진다. 가족들은 내가 차린 저녁에, 나는 잘 먹는 가족들 모습에 금세 익숙해지고 당연한 일상으로 받아들였다.

그때마다 느꼈다. 집에서 살림을 도맡아 하는 엄마들은 매번 이런 일들을 겪는구나. 이런 과정들에서 성취감을 느낄 수 없다면 다른 무언가가 꼭 필요하겠다고. 가족들이 곁에서 다정하고 따뜻하게 피드백을 준다면 가장 좋겠지만 이런 기대들은 서로를 더 힘들게 할 뿐이니까.

그러면서 서서히 내가 한 것에 대해 자주 이야기하게 되었다. 회사에서 일을 할 때는 혼자만의 힘으로 되는 일이란 거의 없었다. 팀으로 일해야 했고 그래서 누구나 알고 굳이 내 입으로 하지 않아도 알게 되는 과정들이 많았었다.

하지만 지금, 휴직 동안에는 아니었다. 오로지 나만이 아는 과정들이 늘어가니 자주 말로 설명을 하고 싶고 알리고 싶었다.

그 밤, 그녀가 꼭 그랬다.

그런데 내 모습을 똑 닮았던 그녀를, 나는 '라떼 모드'로
몰아붙였다.

　나를 화나게 하는 인간들을 견딜 수 있었던 것은 그들,
'나를 화나게 하는 인간들' 존재 자체였다. 그들을 타산지석
삼아 여태껏 내가 회사에 다닐 수 있었다. 그들의 모습을 보
며 나 자신을 돌아볼 수 있었다. 오만방자하지 않고 기고만
장하고 싶을 때마다 경종을 울려주는, 화는 나지만 고마운
존재였다. 오래 그런 사람들과 일했지만 잠시 그들 없이 지
내는 행복한 일상은 빠르게 그들을 지웠고.
　그래서 나는 더 이상 그들을 기억하지 못했다.
　대신, 나를 화나게 했던 그들과 똑같은 언어를 쓰며 뱀처
럼 똬리를 틀고 앉아 다른 사람들을 괴롭히고 있었다.

　다시 '나를 화나게 하는 인간들'을 만나게 되는 날은 전처
럼 분노와 화에 내 마음을 내주지는 않을 것 같다. 그들이
없다면 언제든 나도 그들처럼 될 수 있다는 걸 알게 되었으
니, 진심으로 고마운 마음을 느낄 것만 같다.
　진짜 그럴 수 있을지 꼭 다시 만나고 싶어요, 나를 화나게
했던 인간님들!

일, 마음의 온도를 높이는

    아이들 여름 방학이 다가왔다. 방학을 이용해서 오랜만에 남편의 대학교 과 동기들과 함께 여행했다. 코로나로 한동안 얼굴 보기 힘들었으니 이게 얼마 만인가. 거의 3년 만인 듯하다. 모두 같은 마음이었나 보다. 남편까지 모두 5명의 동기가 모이고 가족들까지 빠짐없이 모였다. 다 모이니 스무 명가량이나 되었다. 아이들 나이도 다양해서 고등학교 1학년부터 세 살배기까지, 9명이나 되는 사내아이들(왜 여자아이가 단 한 명도 없는지는 아직도 미스터리).

    2박 3일 같이 느껴졌던 1박 2일 동안 일정 내내 북새통을 이뤘다.

　인원이 많다 보니 삼시 세끼 준비하는 것이 내게는 대단한 임무처럼 느껴졌다(누가 들으면 그 많은 인원의 식사를 내가 다 준비한 것으로 오해할 만하다, 충분히!). 오로지 아이들 먹는 것에만 집착이 심하다고 놀림을 받는 나였기 때문이다. 조용히 혼자만의 비상 상태로 돌입했다.

　저녁이야 늘 그렇듯 바비큐였다. 소고기, 돼지고기 목살, 삼겹살… 메뉴도 다양했다. 고기 굽는다는 핑계로 밖에서 느긋하게 반주까지 곁들이는 남자들과 숙소 거실에서 아이들과 복작이며 식사하는 여자들. 오랜만에 서로 만나 훌쩍 자란 키를 대보는 아이들까지. 모두 그간의 안부를 확인하며 회포를 풀었다. 전부 재미있었다. 코로나 이후 정말 간만의 대모임이었다.

　문제는 다음 날 아침 식사였다. 저녁에도 고기와 부실하게(반찬 가짓수가 적다는 이유로 넘치는 게 아니라 부실하다고 느끼는 내가 참 싫다.) 먹어서 내심 신경이 쓰이던 차였다. 아침 식사 거리를 고민하다가 인근 읍내에 김밥집이 있다는 걸 확인했다. '휴' 하고 안도의 한숨이 나왔다. 그런데 영업시간이 4시부터 3시라고 기재가 되어 있다. 오후 4시는 아니겠지? 새벽 4시가 맞는 건가? 불안한 마음으로 잠자리에 들었다. '눈 뜨자마자 가봐야지.'라고 다짐하면서.

아침이 밝았다. 김밥집과 통화가 먼저였다. 다행히 무사히 전화가 연결되었고 20줄의 김밥을 주문했다.

약속한 8시 30분에 맞춰 김밥집에 들르니 휴가지인 탓인지 예상보다 손님들이 많았다. 주문하고 기다리던 무리가 분주하게 김밥을 싸 들고 썰물처럼 빠져나갔다. 이제는 나와 남편뿐이었다. 호기심에 말을 걸어보았다.

"사장님, 가게를 새벽 4시에 여시는 게 맞아요? 인터넷에는 그렇게 나와 있더라고요."

"아, 가게는 2시부터 열어요. 재료 준비하느라. 김밥은 4시부터 팔아요. 준비되면 3시 반부터 팔기도 하고요."

놀란 내가 되묻는다.

"2시요? 새벽 2시요? 아이고!"

흐뭇한 미소를 지으며 사장님께서 대답하셨다.

"네. 그날그날 재료를 준비하지 않으면 맛이 없어요. 밥도 새로 지어야 하고. 안 그래도 김밥은 쌀 수 있지만, 맛이 달라서. 또 여기는 시골이라서 4시부터는 다들 움직이시고. 근처 벌목하시는 분들도 일찍 아침을 드시니까요."

수줍음이 많으신지 목소리가 작았다. 귀를 기울이고 들어야만 알아들을 수 있었다. 하지만 조곤조곤 하시는 말씀에 자긍심이 가득하게 전해졌다. 말씀하시는 내내 얼굴은 만족스러운 미소가 가득했다.

'아, 정말 멋지다!'
나는 이런 사람들을 존경하고 또 사랑한다.
주어진 혹은 자신이 선택한 일에 최선을 다하는 성실한 사람들. 누구에게는 김밥 한 줄일 수 있지만, 자신이 하는 일에 정성을 다하는 사람들. 시간을 들이며 공을 쏟는 사람들. 그렇게 들인 시간과 정성은 결국은 누구보다 내가 먼저 아니까. 그렇게 들인 정성은 반드시 누군가에게 온기로 전해지니까.
그리고 그건 정말 사실이니까.

숙소로 돌아오는 내내 나는 운전하는 남편에게 흥분해서 쉬지 않고 떠들어댔다.
"김밥 사길 너무 잘했다, 그렇지? 사장님이 너무 멋져! 전날 만든 재료로도 김밥은 쌀 수 있지. 그런데 내가 아니까. 내가 그 차이를 아니까. 새벽 2시부터 준비해서 자기 김밥에 정성을 다하는 모습이 너무 멋져. 나도 저렇게 살고 싶어!"

"너도 김밥집 사장님처럼 살고 싶다고?"

"응 맞아. 나도 저 김밥집 사장님처럼 살고 싶어!

김밥이 아니고 뭐가 되었든 저렇게 성실하고 최선을 다하는 마음으로 살고 싶어.

그게 뭐가 되었든."

남편은 이해가 된다는 건지 아니라는 건지 모를 표정이었다.

가장 가까이에서 나를 조언해 주는 사람 중 한 명은 항상 나의 남편이다. 그런데 낙천주의자 혹은 비관주의자를 줄로 세우면 가장 끝과 끝에 있는 우리이기에 그의 조언은 종종 나를 아프게도 하고 무기력하게 만들기도 했다(물론 그보다 더, 자주 위로와 도움이 된다고 굳이 눈치를 보며 남긴다.).

"일은 일일 뿐이야. 너무 마음 쓰지 마."

그가 종종 나를 위로하기 위해 하는 말 중 하나다. 지나치게 마음을 쓰고 시간을 들이는 나를 보며 안타까운 마음에 하는 말이다. 그의 일을 하는 태도이다. 그가 좀처럼 지치지

201

않는 이유이기도 하다. 균형을 잘 잡을 수 있는 거다. 그의 말이 틀린 것은 아니면서도 뭔가 나의 마음을 공감받지 못하는 데서 오는 원망 혹은 속상함을 자주 느꼈다. 때로는 억울함까지. 그를 그리고 내 옆자리 동료들을 흉내 내 보기도 했다. 하지만 이도 저도 아닌 태도가 나를 더 힘들게 했다. 몸은 편한데 마음이 불편해서 잠을 못 이루기도 했다.

'아, 이럴 거면 몸을 힘들게 하고 편하게 잠을 자자.'

한 달 정도 흉내 내는 척해 보다가 내가 내린 결론이었다.

그래서 제현주 님의『일하는 마음』에서 이런 나를 위로하는 구절을 만났을 때의 기쁨을 잊을 수 없다.

"좋은 사람이 되기 위해 일을 하는 것은 아니고, 더구나 특정한 누군가에게 좋은 사람이 될 필요는 없겠지만, 일을 잘한다는 것이 궁극적으로 더 좋은 사람이 되게끔 이끌어 주지 않는다면, 굳이 일을 잘하려고 애쓸 필요가 있을까."

– 제현주,『일하는 마음』

일과 나를 잘 구분하고 균형을 잘 맞추면서도 목적하는 바를 이루는 사람들이 있다. 분명 멋진 사람들 일게다. 부럽기 그지없지만 나는 그런 사람이 아닐 뿐이다.

　나는 일을 통해서 내가 나아지고 있음을, 그리고 성장하고 있음을 느끼는 것이 중요한 사람이다. 그 과정을 통해 가진 경험이 나와 내 인생에도 영향을 주는 사람이었다. 그리고 그런 선한 영향력으로 누군가에게라도 도움을 주고 싶은 사람이다.

　결국, 내가 살고 싶은 삶은 이런 삶이다. 내가 쏟은 정성과 노력으로 채워진 소중한 시간으로 가득한 삶. 그래서 이 세상에서 오직 한 사람이라고 해도, 그리고 일일 뿐인 그 행위를 통해서 마음의 온도를 0.1℃라도 데울 수 있다면 그걸로 충분하다.

　그 아침, 정성 가득 담긴 김밥을 먹으며 나는 느꼈다.
　내 마음의 온도가 적어도 1℃는 따뜻해지는 것을.

준비되었을 때 스승이 나타난다

내 주 고객사인 S사가 있는 이천으로 가던 중이었다.

하늘은 눈에 부시게 맑았고 구름은 말 그대로 그림 같이 예뻤다. 하지만 바닥으로 가라앉은 내 기분은 좀체 끌어올려지지 않았다. 30분 정도 후면 있을 미팅에서 다룰 주제들을 정리하는 중이었다. 끝까지 방어해야 하는 것들이 무엇인지 그래도 양보할 수 있는 것들은 또 뭐가 있을지 분류하느라 머릿속이 몹시 분주했다. 스스로 얼굴을 볼 수는 없지만 그때 누군가 내 얼굴을 보았다면 세상 심각한 표정이었겠지.

얼추 마무리되었다는 생각이 들자마자 라디오 볼륨을 높였다.

오래전부터 멘토로 여기는 사람 중 한 명인 가수(보다는 이제는 악역 전문 배우라고 해야 더 잘 알 수 있을까?) 김창완 님이 진행하는 라디오 채널에 주파수가 맞춰져 있었다. 볼륨을 높이자마자 Whitney Houston의 〈I wanna dance with somebody〉가 흘러나왔다. 콧노래가 흘러나왔다. 좀 전까지 가라앉았던 기분은 금세 쉬 잊어버렸다. 점점 신이 나서 차창을 다 열어젖히고, 들을 사람도 없으니 할 수 있는 한(겨우 두세 구절뿐이지만서도) 목청껏 따라 부르며 영동고속도로를 내달렸다.

한참을 신명 나게 노래를 듣다가(실상은 커다란 소리로 따라 부르다가) 갑자기 떠오른 생각에 순간 멈칫했다.

'아, 이제 그녀는 세상에 없구나!'

그녀는 이제 세상에 없다. 하지만 나는 이제 세상에 없는 그녀가 생전에 남긴 노래를 듣고 있다. 그 노래 덕분에 일터로 향하며 땅에 붙어 있던 기분에 한껏 에너지를 받고 있다.

뭉클했다.

참으로 가치 있는 것이구나, 노래라는 것은!

내가 가고 없는 세상에서 여전히 사람들에게 영감을 주고 에너지를 북돋운다는 일은 얼마나 멋진 일인가.

더불어 나, 자신에게 물었다.

나는 어떻게 살 것인가.

무엇을 세상에 남길 것인가.

설혹 내가 가고 없더라도, 무엇을 남기고 싶은가.

"내 노래를 들어주는 한 사람의 가슴이 있다면 난 노래를 할 거야."

– 양희은, 『그러라 그래』

가수 양희은 님의 책을 읽다가 이 구절을 만났을 때 휴직하는 동안 내가 세운 결심이 다시 떠올랐다.

'내 옆자리에 앉아 있는 사람이든, 부산에 사는 사람이든, 바다 건너 일본에 있는 사람이든 혹은 아프리카에 있는 누구라도! 이 지구의 누군가 단 한 명이라도 내 글을 읽고 위안이 되고 위로를 받는다면 그걸로 충분해.

나는 평생, 죽을 때까지 글을 쓰겠어!'

이렇게 나는 휴직을 하는 동안 평생 글을 쓰기로 했다. 그리고 이 결정을 하게 된 데에는 '사노 요코'라는 일본 할머니의 글을 만난 게 중요한 기점이었다.

『사는 게 뭐라고』라는 책을 집 앞 도서관에서 빌려 읽었다. 그 무렵 나는 책을 읽다가 그 책에 인용된 다른 책을 찾아 읽기를 반복하던 중이었다.

그녀의 책을 읽으면서 – 다소 냉소적인 기조가 느껴지기는 했지만 – 삶에 대한 유머를 가득 담은 귀여운 글로 읽는 내내 키득거렸다. 늙고 노쇠한 몸에 대한, 숨기지 않는 묘사로 내 몸까지 아파져 오는 기분까지 들기도 했다. 하지만 나이가 들어간다는 것이 몸에만 해당하는 이야기는 아니다. 그보다 몇 곱절이나 쌓이고 농축되는 진한 삶에 대한 지혜로 몇 번을 노트에 쓰고 다시 읽고를 반복해야 했다. 마치 곁에서 사랑스러운 음성으로 나직하게 소곤대는 누군가와 마주하는 기분이었다.

책은 시한부 판정을 받은 그녀가 재규어 자동차를 덜컥

사는 것으로 끝났다. 다음 편이자 유작이 된 『죽는 게 뭐라고』를 읽지 않을 수 없었다.

미사여구가 필요하지 않았던 상황일 수도 있다. 그녀는 자신에게 다가오는 죽음을 담담하게, 하지만 우울하지 않게 전했다.

삶의 태도는 선택하는 사람의 몫이라는 사실을 다시금 느끼게 되었다. 얼마나 귀여운 미소를 짓는 사람일지 보지 않아도 느낄 수 있었다. 그녀는 이제 세상에 없지만 그녀의 글은 계속 살아 꿈틀대며 내게 했던 것과 같이(아니면 그보다 훨씬 더 진하게) 열정적으로 사람들에게 다가가고 여전히 큰 울림을 전하고 있었다.

죽는 순간까지 기록을 놓지 않고 이렇게 내게 전해준 글귀들에 뒤늦게나마 감사했다.

그렇게 그녀는 문득 내게 와서 스승이 되었다.

내가 바다 건너에 다른 언어를 사용하며 살고 있지만. 게다가 이미 그녀가 세상에 없는 지금에서야 알게 되었지만 이렇게 큰 위로를 얻은 것처럼. 내가 사는 동안 혹은 내가 가고 나서도 누군가에게 글로 남아 위안이 되고 위로를 할 수 있다면 사는 동안, 죽기 전까지 글을 써야 하는 충분한 이유가 되었다.

나의 글이, 나의 이야기가 온기를 품어 그것이 필요한 사람에게 조용히 가 다다를 수 있기를 소망한다.

이제는 가고 없는 그녀들의 노래가 글이 내게 와서 온기를 전해줬던 것처럼. 그럴 수만 있다면 얼마나 좋을까.

생각만으로도 숨이 막힐 것처럼 벅찬 일이다.

"느낀 바가 있어 글을 쓰게 되었다. 내 멋대로 누군가에게 너도 글을 써봐라고 제안하지 않겠다."

– 무라카미 하루키, 『달리기를 말할 때 내가 하고 싶은 이야기』

느끼는 바가 있어 글을 쓰게 되었는데 내 멋대로 자꾸 누군가에게 너도 글을 써보라고 제안한다. 부끄러워서 잊지 않으려고 다시 인용해 보았다.

마음에도 다시 또 꾹꾹 새겨놓는다.

내 멋대로 제안하지 마라, 제발!

나를 믿어주는 단 한 사람

　건널목을 건너는 어떤 어르신을 보니 할머니 생각이 난다. 이름 모를 그 어르신은 능숙하게 노인들이 흔히 타는 전동 휠체어 같은 걸 조작하며 편안하게 사거리 건널목을 여유 있게 건너신다. '우리 할머니도 손으로 미는 유모차같이 생긴 거 말고 저런 전동 휠체어였다면 더 편하게 쓸 수 있었겠다.'라고 혼자 생각해 보지만 소용없다. 할머니는 3년 전에 돌아가셨으니까.

　왜 할머니는 말하지 않았을까. 뭐가 필요하다고, 뭐가 갖고 싶다고, 뭘 해달라고.

어리석은 후회일 뿐이다. 나의 할머니는 그런 분이었는데. 이제 와 뒤늦은, 아무런 소용없는 혼자만의 후회가 형편없어서 한심스럽다.

아니, 나는 알고 있었다. 할머니가 그런 분인걸. 그 누구에게도 스스로 품은 기대로 실망하지 않는 사람이란 걸. 그리고 그로 인해 원망하지 않는 사람이란 걸 나는 누구보다 잘 알고 있었다. 그래서 할머니에 대해서는 걱정이 없었다. 오히려 든든했다. 내가 아는 사람 중에서 그 누구보다 청년 같은 사람이었다. 건강하고 튼튼한 마음을 가진. 그러면 안 되었는데 할머니를 나이 드신 노인이라고 생각하지 않았다. 그저 돌아가시기 전까지도 내가 투정을 부릴 수 있는 따스한 봄날의 햇살 같은 분으로만 여겼었다.

여든이 넘도록 농사도 지으셨다. 오랜만에 내가 괴산 집에 간다고 하면 아침부터 검은콩을 직접 갈아서 두부를 만드셨다. 그 두부로 만두도 만드셨다. 그 만두를 찌고 굽고 국도 만드셨다. 나는 그저 맛있게 많이, 더는 먹지 못할 때까지 먹는 모습을 보여주면 그걸로 족하셨다. 그 외에는 아무 바람이 없으셨다. 물어본 적이 없어서 그렇다고 여태껏 믿고 있다. 이른 아침부터 혹은 전날부터 콩을 불리고, 갈고, 두부를 만들고 또 만두를 만든다는 건. 얼마나 버겁고 힘이 드는 일일까? 중년의 나도 시도해 본 적 없고, 아직은 계획조차 없는 일이다. 여든이 넘은 쇠약한 노인에게는 그 얼마나 버겁고 고된 일이었을까. 하지만 할머니는 몸이 아픈 내색조차 하지 않으셨다. 내색하지 않으시니 버틸 만하시겠거니 짐짓 모른 척했다. 난 할머니를 그 연세의 할머니처럼 대하지 않았다. 정말 어떻게 이보다 더할 수 없을 만큼 바보 같을 정도로 이기적일 수 있었는지 놀랍다.

내게 할머니는 무조건적 사랑, 그 자체였다. 덕분에 지나치게 마음이 순수하고 어리기까지 한 부모님 곁에서도 사랑에 배고파했던 기억이 없다. 그리고 그 넘치는 사랑이 언제까지나 넘쳐날 거로 생각했었나 보다. 어리석게도 할머니의 사랑을 함부로 대했다. 학교에 다니신 적 없는 할머니는 예순이 넘어서 독학으로 한글을 깨치셨다. 그 뒤로 편지도 곧잘 쓰시고 나중에는 할머니 방의 벽 하나를 스스로 쓴 성경 구절로 빼곡하게 채워 놓으셨다. 괴산 집에 들르면 할머니는 내게 쪽지를 건네곤 하셨다. 삐뚤빼뚤한 글씨이기는 하지만 얼마나 정성을 들였는지 눌러 쓴 자국이 그대로 느껴지는 쪽지들이었다. 좋은 성경 글귀를 만나면 내가 늘 가지고 다니라고 써두었다가 건네주신 거였다. 어렴풋이 기억난다. 할머니의 쪽지를 받고 기뻐했던 기억. 쪽지를 건네던 순간 할머니의 눈빛과 표정이 귀엽다고 생각했던 나. 정성이 느껴져서 감사했던 것. 하지만 멍청한 나는 그 귀한 것 역시 어찌도 그렇게 함부로 했을까. 그 소중한 쪽지들이 하나도 남아 있지 않다.

　평범한 다른 할머니들의 모습이 낯설기도 했다. 몸이 쇠약해지고 마음마저 약해지면서 곧잘 어린아이처럼 구는 흔한 할머니들의 모습을 어린 시절에는 이해할 수 없었다.
　'어른이 왜 저러지? 할머니면 더 강하고 어른스러운 모습이어야지.'
　라며 받아들이기 힘들어했다. 슬슬 내 몸이 약해져 가는 나이가 되면서 알게 되었다. 몸이 아프고 약해진다는 것이 얼마나 마음마저 약하게 만드는 일인지. 누군가의 인사치레뿐인 안부 인사에도 와르르 마음이 무너지는 일인지.

　한번은 할머니가 시골집 지붕에 올라가셨다가 떨어지셨다며 걱정하는 엄마의 전화를 받았다. 그때도 할머니 연세가 일흔이 넘은 때였다. 단층이긴 해도 지붕까지 올라가 익은 호박을 따다가 떨어지셨으니, 큰일이 아닐 수 없었다. 하지만 엄마가 내게 전화한 때도 이미 사나흘은 지난 후였다. 그런 일이 있었다고 걱정을 가득 담은 어투로 이야기하셨지만, 이제는 어느 정도 일단락되어 전화하신 거였다.

놀라서 할머니에게 전화했다. 그저 평소처럼 반갑게 전화를 받으셨다. 참 할머니도… 지금 생각해도 대단하시다.

할머니에게 왜 지붕에 올라가셨냐고. 그깟 호박이 뭐가 중요하냐고, 괜찮으시냐고 여쭤보았다. 그랬더니 할머니는 예상하지 못했던 대답을 하셨다.

"누가 너한테 그런 이야기를 했어?

지붕에서 떨어진 게 뭐 별일이라고 회사 일하느라고 바쁜 사람한테.

누가 이야기했어?"

누가 들으면 내가 나랏일이라도 하는 사람인 줄 알겠다. 그게 뭐가 중요하냐고 짜증을 내는 내게 몇 번을 말씀하셨다. 누가 그런 이야기 해서 바쁜 사람 신경 쓰이게 하냐고.

과연 내가 일흔이 넘어서 이렇게 이야기할 수 있을까? 이제 겨우 마흔이 넘은 지금, 이미 난 나의 작은 어려움에 대해서 누구라도 붙잡고 하소연하는 데 너무 익숙해져 버렸

214

다. 환갑이 넘고 일흔이 넘어서, 아픈 몸과 마음에 대해서 이다지도 초연할 수 있을까. 가족이지만 '나'는 아닌 사람을 배려하고 나를 뒷전으로 둘 수 있을까? 나의 할머니가 했던 것처럼 그럴 수 있을까? 나는 자신이 없다.

할머니의 추억 속 이야기를 많이 알지 못한다. 지난 할머니와의 기억을 더듬어 보니 늘 말하는 사람은 나였다. 할머니는 호기심 가득한 눈빛으로 연신 웃고 있는 모습뿐이다. 나의 이야기를 더 듣고 싶어 하신다고 여겨서 얼마나 신나게 떠들어 대기만 했는지. 더 많이 물었어야 했는데. 할머니의 추억을 더 많이 듣고 기억했어야 했는데. 지나고 나서야 알게 되는 소중한 순간들이 가슴이 저미도록 아프다.

아리스토텔레스는 『수사학』에서 언급하길 "나이가 들수록 사람은 미래를 향한 희망보다는 과거의 추억으로 살아가며, 따라서 말이 많아진다."라고 했다. 할머니는 알고 계셨던 것 같다. 할머니는 과거와 추억이 아닌 현재를 사는 분이셨다. 여든이 넘도록 새로운 무언가를 배우는 데 적극적이셨다. 오랜만에 만나는 자리에서는 새로 배운 레시피로 한 예쁜 요리와 디저트들도 선보이시곤 했다. 늘 배우는 사람이고 그래서 청년이셨다.

할머니를 떠올리기만 해도 눈물이 난다.

결국, 이제야.

그저 할머니가 내 할머니임이 감사할 따름이다. 절대적인 사랑이 무엇인지 곁에서 몸소 보고 느낄 수 있었음에 감사하다. 그런 사랑이 누구에게나 올 수 있는 일이라고 생각했었다. 그런 따뜻함과 풍요로움이, 가족이라는 울타리에서는 모두가 누리는 일인 줄만 알았다. 하지만 이제, 내가 아이를 키우고 나이가 들어가면서 알게 되었다, 당연한 사랑은 없다는 것을. 쉬 행할 수 있는 사랑이 아니었음을. 모든 엄마가, 모든 할머니가 그런 사랑을 행할 수는 없다는 걸. 사랑이라는 건 굉장한 의지와 노력이라는 걸.

할머니의 사랑을 받았지만 배우고 행한다는 것은 쉽지 않은 일이다. 그런데도 몸으로 체득한 그 사랑이 내 말투와 눈빛, 행동 어딘가에는 묻어날 거라고 그저 막연히 기대한다. 이렇게 나 편한 대로 또 생각해 버리고 만다. 내 DNA 어디 하나에라도 내 할머니의 유전자가 남아 있을 테니까. 그것만으로도 충분히 넘치도록 감사할 따름이다.

할머니와 전화 통화를 하면 마지막 인사는 늘 같았다.

"최고 복 받으세요!"

할머니가 해주시던 이 말씀이 지금 순간에도 귓가에 쟁쟁하다.

내가 누리는 지금 이 평안함의 8할은 그런 할머니의 한결같은, 넘치도록 충분한 사랑과 바람 덕이라는 것을, 나는 이제야 안다.

6장

1년간 휴식을

선물한 뒤

잘 쉬고 왔습니다! 정말?

2023년 3월 1일이 나의 복직일이 되었다.

3월 1일이 삼일절로 휴일이다 보니 첫 업무 시작일은 3월 2일, 목요일이었다.

하지만 이날은 나의 복직일인 동시에 큰아이의 고등학교 첫 등교일이고 둘째 아이는 중학교로 가는 첫날이었다.

휴직 전 나는 아침 8시를 넘어서 집을 나선 적이 없었다. 보통은 7시 30분 이전에는 출근길에 올랐다. 대체로 아침 일찍 일어났고 그래서 여유 있게 출근 준비를 했다. 늘, 이미 두 아이와 남편의 간단한 아침거리는 식탁에 차려둔 후였다. 가벼운 마음으로 내가 좋아하는 진하게 내린 드립, '오늘의 커피'를 사이렌 오더로 주문해 두었다. 조금 돌아가는 길에 있는 스타벅스에 들러도 8시쯤에는 사무실에 도착했었다.

하지만 그런 날들은 이제 내게는 다시 오기 힘들다는 사실을 복직 첫날에 알게 되었다.

그래도 첫날인데 되도록 늦지는 않게 도착하고 싶었다. 7시 30분이 훌쩍 지나 8시가 넘어서 막 집을 나서려고 하는데 둘째 아이가 자기 방에서 나오며 물었다.

"엄마, 나 제대로 입은 거 맞아?"

셔츠가 아니라 목에다가 넥타이를 두르고 나오며 하는 소리였다.

소사 소사 맙소사!

둘째 녀석이 또래 남자아이들에 비해서는 야무지고 꼼꼼한 편이라고 생각했는데, '교복을 처음 입어 보는 날이어서 그랬겠지.'라고 인제야 뒤늦게나마 생각해 본다. 당시의 나는 놀라서 차마 발이 떨어지지 않았다. 그걸 마주하고서는 그대로 출근할 수가 없었다. 복직 첫날부터 지각 예약이었다. 우아하게 복직하고 싶다는 나의 바람은 개나 줘버려야 하는 순간이었다.

복직 첫날, 나는 9시가 넘어서야 겨우 사무실에 도착할 수 있었다. 우습게도 몇 년을 똑같이 사용하던 출근길이었지만 초행길처럼 허둥댔다. 정확히는 - (그렇게나 밀리는 줄 모르고) - 늘 이른 아침에 이용하던 1차선으로 오다가 2차선으로 제때 끼어들지 못했다(차 안인데도 민망하고 미안해서 과감히 끼지 못했다. 물론 다음 날부터는 다시 또 과감하게(뻔뻔하게) 끼어들었다).

회사가 있는 동수원 IC가 아니라 북수원 IC까지 다녀와버렸다. 다시 차를 돌려 회사로 향하는 차 안에서 참 심란했다. 1년도 안 되는 시간이지만 나는 새로운 회사로 출근하는 기분이었다. 모든 게 리셋된 것만 같았다.
웃었다.

사무실에 도착했을 때는 모두가 진즉에 업무를 시작했을

때였다.

반갑게 맞아주는 얼굴들이 있었지만, 오랜만의 회사가 적
잖이 낯설게 느껴졌다. 그런데 낯설지 않은, 아니 놀랍도록
1년 전과 똑같은, 모두의 표정에 약간은 기이한 기분까지
들었다.

타임 슬립을 겪은 기분이었다. 나만 잠시 알 수 없는 이유
로 시간여행을 하고 온 것 같았다. 모두가 너무나 같은 얼
굴, 같은 분위기로 일하고 있었다. 정말 놀라웠다.

휴직 전과 똑같은 무표정 혹은 화가 난 듯한 동료의 모습
이 익숙하면서도 낯설었다. 어쩌면 지난 나와 같은 얼굴이
었을 테지.

돌아보니 정말 푹 쉬었다.
아주 잘 쉬었다.

지난 과거에 대해서 충분히 돌아볼 수 있었다. 그리고 현
재, 지금의 나에 대해서도 많이 생각했다. 신기하게도 미래
에 대한 생각은 그다지 하지 않았다.

그래선가? 늘 노심초사하는 게 일상이었는데 휴직 동안
은 걱정도 많이 하지 않았다. 대신 그동안 나를 잘 돌아볼

수 있었고 그래서 이제 다가올 시간에 대한 걱정도 많이 줄었다.

유튜버 겸 강사로 유명세를 날리고 있는 '김미경' 님의 어머니가 그녀에게 그런 말을 했다고 한다.
"살면서 무섭거나 겁이 나면 일찍 일어나라"고!
아하, 그래서 내가 복직하자마자 5시에 일어나고 싶었구나.

내게는 가장 만만한 시간이 새벽이다. 쓰고 보니 만만하다는 표현이 좀 미안한 감이 있지만 그만큼 나에게는 편하고, 그래서 자유로운 시간이다.
그러고 보니 나는 만만하다는 말도 잘 쓰지 못하는 편이다. 좋은 말로 하면 착하고 나쁜 말로 하면 소심하다. 소심한 내가 만만하다고 표현한다는 건 그만큼 좋다는 의미다. '자유롭고 편안한' 그야말로 만만한 상태인 새벽이 좋다. 누구의 방해도 없고 오롯이 내 뜻과 의지대로 할 수 있는 몇 안 되는 소중한 것이다.
일찍 일어났을 때 혼자만 느끼는 든든함 혹은 뿌듯함이 있다. 그럴 때마다 알게 된다.

'시간은 내게는 정말 황금이 맞는구나!'

11개월 동안 회사를 쉬면서는 단 한 번도 5시에 일어난 적이 없다. 그저 눈이 떠지면 일어났고 느긋하게 아침 식사를 준비했다. 서두르지 않았다.

그런데도 마음에 걸리는 것 하나 없었다. 시간도 언제나 충분했다.

돌아보니 정말 천국 같은 시간이었구나, 캬!

그런데!

복직하고 나니 다시 5시에 눈이 떠졌다. 아니 전날 밤, 잠자리에 들면서부터 하나, 둘씩 마음에 남아서 '툭툭' 마음에 걸리는 일들이 생겼다.

눈을 감으면서도

'아, 이건 내일 오전 중에 처리해야지.'

'저건 이번 주 안으로는 해결되어야 할 텐데.'

'앗, 저걸 잊었었네. 회사 가자마자 메일을 써야겠다…' 등등.

잠에서 깨면 제일 먼저 마음속으로 외치는 말은 '감사합니다. 오늘도 건강하게 눈을 떴습니다!'로 다행히 아직은 (켁!) 휴직 기간과 같다.

하지만 이후의 머릿속에서 몽글몽글 솟아나는 생각들이 확연히 달라서 작은 한숨이 나오는 건 어쩔 수가 없다. 어떻게 해결해야 할까? 해결할 수는 있는 일일까? 나 이제 겨우 복직한 지 3개월도 안 되었는데.

후후, 일을 놓아야만 마음이 편해지려나? 에휴.

찬찬히 다시 생각해 본다. '회사'라는 것, 혹은 '일'이라는 것이 자유롭고 편안하기를 기대하는 것은 시작부터가 오류일 수 있겠다. 일을 통해서 나는 물질적인 대가를 지불받고 그로 인해 경제적인 안정에 도움을 받게 된다. 나 역시 그 대가에 걸맞은 나의 지적인 혹은 물리적인 기여가 필요하다. 여기서 내가 중요하게 생각하는 점은 회사든 '나'라는 개인이든 어느 한쪽이 일방적이거나 억울하고 부당하다는 생각을 가지게 하지 말아야 하는 점이다. 여하간 양쪽이 합당하다고 느끼도록 균형점을 찾아야 하는 것이다. 영혼까지 갈아 넣어가며 일을 하는 개인을 마다할 회사는 없겠지만 이를 통해 내가 지속적 부당함, 거기에 더해 억울함까지 느낀다면 이 둘은 오래갈 수 없다.

227

나 역시 이런 상관관계에서 여러 번 느낀 억울함이 일종의 '화병'으로 오게 된 건 아닐까 하고 혼자 생각한 적이 있다.

휴직하면서 좋았던 점은 여유롭게 내 생각에 몰입해서 바닥까지 가보며 미처 몰랐던 나에 대해 탐구하게 된 점이다. 충분히 되돌아보고 복기하면서 좀 더 객관적으로 생각하고 나에 대해 몰입할 수 있었다.

당시 나는 돈은 좀 부족했을지 몰라도 시간이 충분했으니, 돈과 시간 둘을 합치면 회사에 근무하던 시절과 크게 다르지 않게 느껴졌다. 부족한 돈은 남은 시간으로 충분히 메꿀 수 있었다.

역시, 내게 시간은 '돈'이다!

복직 후 참 좋아진 것이 있다. 바로 휴일의 소중함과 주말의 달콤함이 비교 불가라는 점이다.

너무 소소한가? 아니 소소하지 않다!

휴직 기간에는 요일을 잘 알지 못하는 날들이 많았다. 아이들이 등교하지 않아서 알게 되는 때도 있었다.

월요일도 토요일 같고, 목요일도 토요일 같고, 토요일도 토요일 같은 날들의 연속이었다.

그런데 복직하고 보니 금요일 오후부터 한껏 달달해졌다. 그 달콤한 내음이 내 코끝에서도 느껴질 거 같은 기분으로 정오부터 설렜다. 또한 내 맘대로 눈 뜰 수 있는 토요일 아침의 그 행복감을 무엇에 비하랴.

이런 달콤함과 감사함은 휴직 기간에는 잊고 지냈던 것들이었다.

하지만 돌아보면 휴직하기 전에도 내게는 언제나 주어진 시간이었고 행복이었다. 휴직을 지나서야 잘 알게 되었을 뿐이다.

언제나 내게 주어졌던 선물 같은 달콤한 일상을 이제야 맞닥뜨리고 격하게 알게 된 것이다.

회사를 쉬었던 11개월의 시간이 내 삶을 근본적으로 바꿔 놓지는 않았다. 하지만 어느 정도 정리가 된 느낌이다. 너저분하게 여기저기 늘어져 있어 소중한 조각들이, 지저분하게 정신을 어지럽히던 일상의 순간들이 정돈되었다고 할까.

나는 휴직을 했던 길지 않은 시간 동안 뭐든지 되고, 뭐든지 할 수 있는 삶을 아주 약간이나마 맛보았다. 그 시간이 나를 변화시켰다기보다는 내 안에 있는 게 무언지 찬찬히 살펴볼 기회가 되었다. 그래서 이전의 나와는 다른 기분이 들곤 한다.

이제부터는 본격적으로 나를 통해서 탐구하고 알아볼 수 있을 것 같다.

나에게로의 여행은 여전히 현재 진행형이다.

아픈 만큼 자라더라, 유행가 가사처럼

　나의 첫아이, 소망이의 첫 고등학교 중간고사가 시작되었다.

　더불어 나의 무수리 짓도 바빠졌다. 학원 픽업이 밤 10시에서 11시로, 소망이가 야심차게 준비하는 수학 시험 전날에는 12시까지도 늦어졌다. 어떻게든 새벽에 일어나서 뭐라도 하는 걸 낙으로 삼는 나는 당분간은 새벽 기상을 포기해야 했다.

　그런데도 고집스럽게 5시 알람을 바꿔놓지 않아서 일단은 시도는 하다 보니 정말 피곤하기가 이루 말할 수가 없다.

게다가 매일 아침을 실패로 시작하는 기분도 썩 유쾌하진
않았다.

'그래도 어쩌나. 난 수험생 엄마인걸, 유후!'

뭔가 둘째와는 경험하지 못할 것 같다는 예감이 든다. 내
생애 단 한 번의 값진 경험이려니 하고 또 또 또 특유의 감
당 못 할 낙천주의가 발동되어 신나기도 했다.

못 말려 진짜.

짱구가 아니라 내가 못 말려!

소망이의 고등학교 첫 중간고사는 꼬박 일주일 동안 치러
졌다.

첫날, 첫 번째 과목인 국어 시험을 보자마자 가족 단체 톡
방으로 성적을 보냈다.

'깨똑, 국어 92점'

'시험이 쉬웠나, 역시?'

뭐 고등학교 성적은 점수가 아니라 등급이 중요하니 결과
가 나와봐야 하지만 어쨌든 신나서 공유한다는 건 뭔가 잘
해서겠지라고, 궁금한 게 한가득이라 물어보고 싶은 게 많
이 있었지만, 꿀꺽 목구멍으로 삼켰다.

다음 날도 영어 시험을 마치자마자 자랑스럽게 점수를 공

유했다.

'90점 이상'

그리고 큰아이는 바로 학원으로 갔다.

다음 날은 녀석이 제일 잘하고, 또 잘하고 싶은 수학 시험이 있는 날이다. 엄청나게 신경 쓰는 기색이 역력했다. 평소와는 다르게 집에도 안 들르고 수학 시험을 준비하느라 분주했다. 보통은 10시면 끝났는데 오늘은 12시가 다 되도록 소식이 없다. 언제 연락이 올지 몰라 씻지도 못하고 까무룩 졸고 있는데 연락이 왔다. 시간을 보니 11시 55분이다. 부랴부랴 침만 닦고 아이를 데리고 왔다.

학원을 마치고 난 아이는 약간은 가벼운 흥분 상태로 보였다. 열심히 준비했으니 기대도 하는 듯했다. 그저 지켜보기만 해야 하는 나도 조심스레 기대를 품었다.

다음 날, 시험이 끝났을 시간인데 연락이 없었다. 나도 일하느라 바빠서 먼저 묻지 못했다(물을 생각도 없었지만). 아직 미팅이 끝나지 않았는데 정오가 넘어가자, 아이에게 전화가 왔다. 2번이나 전화를 했는데 받을 수가 없었다. 불안한 마음에 잠시 나와서 통화를 했다. 목소리의 기운이라고는 없이 아이가 이야기했다.

수학 시험 답안지를 밀려 썼다고.

아득했다. 나는 그 심정을 누구보다 잘 아니까.

나는 첫 대입 수능 시험 날 1교시, 언어 영역 답안지를 밀려 썼었다.

아직도 너무나 생생히 기억난다. 감독관이 이제는 더 이상 답안지를 바꿔주지 못한다는 말을 한 뒤였다. 5분 정도가 남았었을까.

분명히 전부 다 빠짐없이 마킹했는데, 내 답안지에 마지막 문항은 비어 있었다. '밀려 썼구나.'라고 생각한 순간, 눈앞이 캄캄해진다는 말이 비유가 아니라 진짜라는 사실을 몸으로 경험했다.

1교시를 밀려 쓰고 나머지 시험을 포기하고 나오려고 가방을 싸다가 멈췄다. 엄마가 기절할 것만 같았다. 그저 남은 시간 동안 울음을 참으며 시험을 치렀다. 전날 괴산에서 청주로 올라온 엄마가 아침부터 정성스레 준비해 준 도시락은 펴 보지도 않고 그냥 시험을 봤다.

시험장을 나오면서 엄마를 보자마자 통곡했다. 엄마는 그런 나를 보며, 얼마나 놀라고 속상했을까. 그때는 미처 그 생각까지는 하지도 못했다.

집에 어떻게 왔는지는 기억이 안 난다. 엄마와 함께 차로 왔을 테니 나는 울고 엄마는 운전했겠지. 애써 기억을 더듬어 보면 뒷자리에 앉아서 내내 울먹였던 것 같기도 하다. 그런 나를 보며 엄마는 또 얼마나 애가 타는 심정이었을까. 물어본 적도 없다. 그래서 알지 못한다. 엄마가 얼마나 힘들고 속상하셨는지.

집에 도착해서 얼마 뒤 소식을 들은 나의 절친이 방문했던 것도 기억난다. 울면서 찾아온 친구에게 난 뭐라고 했었나? 문을 열었을 때 친구가 울며 내게 안기던 모습만 기억에 있고 나머지는 아무것도 남아 있지 않다.

기억에 남아 있는 건 신을 저주하며 밤새 몸부림치며 울던 것뿐이다. 나는 그때나 지금이나 종교가 없다. 그럼에도 신을 찾았다. 울다 지쳐 잠들었다. 다시 잠에서 깨면 또 울었다. 지금 생각해 보면 실수는 내가 해 놓고는 어딘가 혹은 누군가에게 화풀이를 하고 싶었나 보다.

다음 날 학교도 갔다. 해야 하는 일은 꾸역꾸역 열심히도 했구나, 역시.

지금에야 누구에게라도 웃으며 이야기할 수 있지만 한동안 많이 괴로워했다. 남들은 모두가 수월해 보이는 것들이 나만 항상 예외인 듯했다. 나만 그 어떤 과정도 무난히 지나기 힘든 것 같아서 무섭고 두려웠다. 이겨내고 괜찮아지기까지 많은 시간이 필요했다. 쉽게 잊히지 않았다. 하지만 누구보다 약한 내게는 단단하고 강해지기 위해 필요한 과정이었다는 것을 이제야 안다.

매우 괴로웠고 힘들었지만, 이유가 있었음을.

나의 세심한(예민한), 생각이 많은(소심한), 준비성이 철저한(겁이 많은) 큰아이, 소망이도 마찬가지겠지. 돌아보면 이유가 있는 일이었다고 느끼는 순간이 올 것이다.

꼭 필요한 과정이었다고 알게 되는 언젠가를 꼭 만나게 될 것이다.

내가 할 수 있는 일은 오직 아이가 힘든 현재를 무사히 잘 버텨내기를 바라는 것뿐이다.

의연하고 강하게 내 마음이나 다잡을 뿐이다.

아이를 향한 믿음을 가지고 잘 기다려 주기로 마음먹는다.

누구나 자기만의 속도가 있는 법이다. 그래서 꼭 맨 앞에서 달려야만 할 이유는 그 어디에도 없다는 걸 알게 해주고 싶다. 자신의 속도로도 충분히 넘치도록 괜찮다는 것만 잘 느끼도록 해주고 싶다.

아픔은 상처만 남기는 것이 아니니까.
아픈 만큼 성숙한다는 말은 유행가 가사만은 아니라는 걸 진즉에 알게 되었으니까.

여전한 엄마 모드? 아니 이제부터 본격적으로!

'울컥울컥'하고 자꾸 뜨거운 게 토해질 것만 같다. 애써 참고 있는데 쉽지 않다.

오늘은 큰아이가 고등학교 올라와서 가는 첫 소풍날이다. 집에서 멀지 않은 에버랜드로 간단다. 그런데 눈치를 보니 하니, 아직 고등학교에서 이렇다 하게 친한 친구들을 사귀지 못한 듯하다. 이 소풍이 큰 녀석에서 또 상처가 되지 않을까 내심 신경을 쓰던 차였다.

"애들이 내가 무섭대."

며칠 전 큰애가 흘리듯이 한 말이다.

'무섭다'라니. 무서운 사람을 좋아하기란 쉽지 않다. 적어도 나는 그렇다. 아마도 아직 친구들은 큰아이가 불편하고 가까이하기 어려웠나 보다. 지나치게 진지한 면이 많아서 가끔 나도 당황스러울 때가 있으니 사춘기 또래들에게는 오죽하랴 싶기도 하다.

"니가 아직 깨발랄한 모습을 안 보여줬구나."

라고 나는 애써 태연하게 대답했다.

내 안에서는 불안함이 풍선처럼 부풀기 시작했지만.

소풍날 당일.

전날에 7시 50분에 기흥역에서 친구들을 만나기로 했다고 해서 아침부터 아이를 깨워보지만 쉬 일어나지를 못한다. 서둘러야 할 텐데 어제도 학원에서 10시가 넘어서 끝났다. 저녁 식사도 10시가 넘어서야 겨우 먹고 나서 많이도 고단했나 보다. 알아서 일어나겠거니 하고 나도 출근 준비를 했다. 씻고 나와 보니 아직도 일어날 기미가 없다. 부랴부랴 겨우 아이를 깨웠다.

방에서 준비를 마치고 나온 큰애는 겨울 울 니트를 입고 나왔다. 아주 예쁘고 산뜻한 민트색 니트. 그리고 한겨울에도 문제없이 거뜬한 두꺼운 니트였다. 누가 봐도 겨울용!

그래, 예쁘고 잘 어울리지만, 민트색 니트는 정말 아니지 않니? 5월 중순의 에버랜드는 한여름 못지않게 뜨거울 텐데.

다른 옷으로 갈아입는 게 낫지 않겠냐고 권유형으로 포장한 강요의 이야기를 건넸다. 옷 갈아입을 시간도 없단다. 사실이긴 했지만, 오늘은 이 옷을 입기로 마음을 단단히 먹은 게 전해진다. 터져 나오는 한숨을 속으로만 삼킨다.

그렇게 허둥지둥 출발했지만 약속 시간은 이미 지났다. 함께 약속 장소로 가던 차 안에서였다. 결국 같이 가기로 한 친구들은 먼저 출발한다고 연락을 받았나 보다. 키만 어른 같고 덩치만 커다랗지, 친구들이 먼저 간다고 말할 때 큰아이의 눈은 놀이공원에서 엄마라도 잃어버린 듯 딱 네 살배기의 그것이었다. 아이의 속상함, 불안, 초조가 고스란히 내게 전해온다.

참아야 했는데. 또 나는 하고 싶은 마음을, 말을 참지 못하고 바른 소리를 해댄다.

"그러니까 서둘러서 준비했어야지."

지금 이 말들을 전해 봤자 아무 소용이 없다는 걸 잘 알면서 왜 그랬을까. 이미 아이도 너무나 잘 알아서 자책하고 있는 게 느껴지는데. 아이를 더 힘들게 하는 말들만 아주 고르고 고른 듯 정성스레 멈추지 않고 계속해 댄다. 내 맘대로 되지 않고 마구 입이 놀려대고 있다.

옆자리에 앉아 있는 아이가 점점 더 작아져서 사라져 버릴 것 같은 기분이다. 마음이 아파서 내가 금방이라도 울 것만 같다. 최대한 빨리 액셀러레이터를 밟아대며 약속 장소인 역에 도착했지만 5분이 지난 후다.

'아오, 매정한 녀석들, 5분 정도는 좀 기다려 주지.'

차에서 내리는 덩치 좋은 큰아이의 뒷모습이 내내 잊히지 않았다. 너무 안쓰럽고 쪼그라들 것만 같아서 보고 있자니 심장까지도 쿡쿡 쑤시는 기분이다. 내가 해줄 수 있는 게 아무것도 없다.

아이를 보내고 최대한 명랑하고 의연한 척 톡을 남겼다. 오늘은 '엄카찬스(엄마 카드 찬스)'라며 마음껏 써보라고 제안도 했다. 아이가 칼 답을 하는 걸 보면 아무 친구도 없이 에버랜드로 가는 중인가 보다. 더 속상했다. 오늘은 간만에 야외에서 친구들과 노는 날인데. 이런 날이 더 피하고 싶어지는 큰아이가 안쓰러워서 어찌할 바를 모르겠다.

오후가 되자 아이가 공식 일정을 마치고 더 놀고 온다고 연락했다. 안도의 한숨이 나왔다. 친구들과 잘 놀고 있는 모양이다 싶어서 마음이 놓였다.

그래 그래 오늘은 학원도 가지 말고 놀고 싶을 때까지 맘껏 놀다 오렴.

결국 큰애는 노심초사하던 내 마음과는 반대로 늦은 밤까지 신나게 에버랜드를 누볐다. 10시 반까지는 데리러 와 달라는 연락도 받았다.

에버랜드로 아이를 데리러 가는 30분 남짓한 시간 동안.

불안한 마음 때문이었을까. 나는 점점 더 속도를 내게 되었다.

아이가 고등학교 첫 소풍날인 오늘 하루를 잘 보냈을지, 별일은 없었는지. 궁금한 게 한가득이었다. 내가 잘 참고 물어보지 않을 수 있을지. 아이가 이야기할 때까지 기다릴 수 있을지. 최대한 참아보자며 다짐에 다짐하다가 에버랜드에 도착했다.

수많은 인파 속에서 다행히 금세 아이를 찾았다.

아이가 타자마자 수다쟁이가 되어 이야기보따리를 늘어놓는다. 내내 졸였던 가슴을 이제야 쓸어내린다.

함께 집으로 오는 차 안 가득 감사함과 행복이 넘쳐났다.

네가 행복했다니 되었다.

종일 나를 둘러싸던 불안하던 공기가 말끔히 사라진다. 아이의 들뜬 목소리와 끝없이 이어지는 무용담(정말 아직 덩치만 커다랗지 아이 맞는구나 싶은)에 나는 그저 흐뭇해하기만 하면 된다.

아무것도 더는 필요 없던 밤이었다.

태양이를 깨우기가 조심스러웠다.

'어젯밤에는 기침을 별로 안 하는 거 같던데… 좀 나아졌으려나? 오늘은 무사히 학교에 갈 수 있을까?'

혼자 나지막하게 기합을 넣고 최대한 부드러운 말투로 깨워본다.

"태양아, 일어나야지."

"아, 콜록콜록…."

기침부터 해대며 불편한 기색을 비친다.

'힘겨운 아침이 되겠구나.'

내내 미적대더니 화장실에 들어가 한참을 나오지 않는다. 씻고 옷까지 입어야 하는 시간이 되어서야 겨우 거실로 나왔다.

토했단다. 기침도 연신 해댄다. 아무래도 오늘은 가지 않을 요량이다.

이때부터 나는 단전에서부터 끓어오르는 화를 주체하기가 힘들었다. 참기로 했다. 참아 보기로 의지를 다졌다.

중학생이 된 태양이가 학교에 가지 않는 날이 잦아진 건 3월 둘째 주 무렵부터. 임시 반장을 하기로 했다며 신나게 등교하던 첫째 주가 지나고 목감기가 들었다. 기침을 심하게 했고 목이 찢어질 거 같다며 학교를 쉬겠다고 했다. 하루가 이틀이 되고 이틀이 사흘이 되고(물론 연달아는 아니었다, 다행히).

태양이는 3월 한 달 동안에 총 5일을 결석했다! 그래서 4월부터는 영어 학원도 수학 학원도 모두 관둬버렸다. 학교나 잘 적응시키자며 가뜩이나 학업도 뒤처진 아이였지만 과감하게 결단을 내려줬는데. 내 딴에는 많이 참아주고 양보했는데. 아직 이 정도로는 아이를 이해하고 품기에는 많이 모자라는가 보다.

어제는 드라마에서나 보던 클리쉐가 나도 모르게 입 밖으로 흘러나오기도 했다.

"너 죽고 나 죽자."

뱉고 나니 나도 우스웠다.

둘째는 아프다는데 나는 그래도 학교는 가란다. 내가 학교에 다니던 30년 전에는 학교에 가지 않는다는 것은 문제아나 하는 엄청난! 행동이었다.

강산이 바뀌어도 세 번은, 아니 너덧 번은 더 바뀔 만큼 세상이 바뀌었겠다. 하지만 내가 아는 중학교 시절은 오로지 내가 경험한 그때뿐이니 결국 나의 조언은 모두 고래적 일이라 지금은 쓸모도 없을 거 같기도 하다. 지금 다시 생각해보니….

나는 다른 이의 중학교 시절은 알 길이 없으니 내가 했던, 그래서 나름의 성공을 거두었던 경험에 대해서 둘째에게 강요하고 있다. 그래도 학교는 가라는 건 나의 고정관념이다. 아파도 학교에 간다. 쓰러져도 학교에서 장렬히 쓰러진다.

"너 때문에 엄마까지 회사에 늦잖아."

다시 떠올려 보면 부모에 대한 존경이나 권위는 개나 줘 버릴 말들만 가득 토해냈다.

"참고 꾸준히 해봤던 기억이 중요하니까 그래도 참고 학교에 가고 그래야지."

내가 정한 룰을 나와는 다른 인격체인 아이에게도 강요하고 있다.

"왜 너만 그래? 아무리 아파도 너처럼 자주 학교 빠지는 사람은 없대!"

비교도 한다.

"네 형도 밤새워 기침했어. 그래도 학교 가잖아."

너만 못나고 이상하다고, 하지 않아도 되지만 생각나는 모든 말을 그대로 쏟아붓는다.

"너는 대체 요새 뭘 하는 거야? 학교도 안 가, 학원도 안 가, 복싱도 안 가. 그냥 먹고 자고 싸려고 사는 거야?"

아차 싶지만 이제 주워 담을 수도 없다.

둘째가 아침 내내 입을 닫았다. 쉴 사이 없이 조잘거리고 귀에서 피가 나도록 본인의 불편을 이야기하던 아이가. 내게 자신의 상태를 쉬지 않고 공유하던 아이가, 이제 한마디 말이 없다.

아, 이렇게 아이는 엄마에게 입을 닫게 되는구나.

벽을 치게 되는구나.

나는 귀찮아서 이걸 바랐나?

머리가, 마음이 몹시 시끄럽다.

잊고 있던 나의 사춘기가 생각났다.

나도 참 지독하게 사춘기를 지났다. 중학교 2학년 무렵이었나. 아침마다 온 집안이 떠나가도록 쿵쿵거리며 등교를 했다(그래도 '등교는 했다.'라고 이야기하고 싶은 내가 찌질하게 느껴진다.). 아침마다 내 안에서부터 끓어오르는 이유 모를 짜증으로 나 자신도 주체할 수 없었다. 그래서 중학교 시절에는 조용히 즐겁게 등교한 기억은 거의 없다. 나의 이 무렵의 흑역사는 우리 가족들이 나를 놀리려고 오래도록 써먹었었다. 내 가족 모두에게는 잊기 힘든 기억을 안겨 준 것이다.

아직도 생생하게 기억난다. 내가 그때 느꼈던, 짜증으로 열이 나는 것 같던 느낌이 지금까지도 잊지 않고 떠오른다. 이유는 기억에 없지만 화가 나서 있는 대로 쿵쿵대던 나의 발소리까지도 귓가에 쟁쟁하다. 그런데 어쩐 일인지 할머니도, 아빠도, 엄마도, 그 누구에게도 혼이 나던 기억이 없다.

물론 아침마다 나를 보던 엄마의 눈초리는 선명하게 떠오른다.

'저게, 저게 오늘도 또 저러네.'

딱 그렇게 말하고 있지만 소리는 안 나던 엄마의 눈.

아침마다 아파서(핑계라고 생각되어서 울화통이 터지지만) 학교를 안 가겠다는 둘째를 보며 이제야 생각한다. 어떻게 그 긴 기간 동안 큰소리 한번 안 내셨을까. 놀랍고 또 그만큼 죄송하다.

그리고 이제야 안다. 하고 싶은 말을, 혼내고 싶은 마음을 참는 게 얼마나 어려운 일인지. 또 얼마나 큰 사랑인지. 하고 싶은 대로 하고 싶은 걸 참는 마음, 하고 싶은 말을 삼키는 것이 또 얼마나 큰 사랑인지. 이제야 알게 되었다.

속 터지는 행동을 하는 나를 중학교 내내 보고 아무 말 안 하셨던 나의 부모님과 할머니는 정말 큰 사랑을 내게 베풀어 주셨구나.

오십을 바라보는 나이가 되어서야 깨닫는다.

이 나이가 지나서라도 둘째가 아니었다면 깨닫지 못하고서 죽을 수도 있었다.

흔들림 없이 일상을 살아가는 것이 진짜 용기

큰아이가 집에서 걸어서 20분 거리에 있는 학원에 다닌다. 나는 다 큰 아이를 학원 마치는 시간에 맞춰서 굳이 픽업하러 간다. 빠른 걸음이면 15분 안에도 집에 올 수 있을 것도 같다. 남편은 그 정도는 운동 삼아 걸어도 된다며 나를 못마땅해한다. 맞는 말이다. 그러니 큰아이를 학원에서 데려오는 건 온전히 내 몫이다. 부탁해도 남편은 일언지하로 거절하고 만다.(치, 역시 못됐어!)

2023년 3월이 왔다. 큰아이는 고등학교에 진학하고, 작은아이는 중학생이 되고, 나는 결국 복직했다. 그리고 나니 가족이 함께 저녁을 먹던 시간이 얼마나 귀한 것이었는지 새삼 뼈저리게 느껴졌다. 더불어 내가 큰아이가 중학교를 마치기 전에 휴직을 한 건 또 얼마나 다행이고 감사한 일인지도 알게 되었다. 이제 온 가족이 함께 식사할 시간은 주말 아침(이라고 하지만 거의 정오 정도가 되어서니까 정확히는 '아점') 시간뿐이다.

큰아이는 11시가 넘게 끝날 때도 많다. 학원 정규 수업을 마치고도 혼자 남아 학원 강의실에서 자습하는 데 재미를 붙였다. 나는 '스터디 카페 비용을 굳혔다!'라는 생각에 신난다. 그러면서 학원이 마치는 시간에 픽업을 간다. 아이가 많이 지쳤을 텐데 하는 마음으로 조금이라도 피로를 덜어줄 만한 걸 해주고 싶은 마음도 있다. 하지만 아이를 차에 태우고 집에 오는 그 짧은 그 시간이 아니면 녀석의 일상을 알기가 힘들어서다.

아이는 차에 타자마자 조잘거린다. 변성기가 와서 가뜩이나 낮은 소리인데 아직도 마스크를 끼고 있어서 목소리가 들릴락 말락 하다. 듣고 있던 음악은 볼륨을 죽인다. 최대한 아이의 이야기에 집중한다.

학원에서 있었던 일, 친구들과의 대화, 최근 공부 이야기까지. 짧지만 꿀맛 같은 시간이다. 겨우 아이의 근황을, 소소한 일상을 짐작할 수 있는 시간이다. 아이의 짧은 이야기를 듣다 보면 안도의 한숨이 새어 나오기도 한다. 집에 도착하면 아이는 자기 방으로 쏙 들어가 버린다. 그러고는 화장실 갈 일, 물 마실 일이 아니면 자기 방에서 나올 생각이 없다. 어찌나 자기 방을 애정하시는지. 더불어 나를 아주아주 아들 고프게 만든다.

아이와 이렇게 차를 타고 오는 일이 잦아지면서 또 잊고 있던 나의 어린 시절 추억이 생각이 났다. 어린 시절을 엄청나게 시골에서 보냈다. 포장도 되지 않은 산길을 40분 정도 걸어서 내려와야 한 시간에 한 대꼴인 시내버스가 다니는 길에 도착할 수 있는 그야말로 깡촌이었다. 지금이야 아스팔트 도로가 깔리고 집 앞까지 시내버스가 다니지만(그래도 여전히 아직도 한 시간에 한 대꼴), 아직도 나의 부모님은 그곳에 살고 계신다. 마을을 기점으로 고개가 넘어가는 산꼭대기에 있는 마을이라서 이름도 '상리'다. 나름 수험생이던 중학교 3학년 시절에는 막차를 타고 정거장에 내리면 9시쯤이었다.

그 무렵 우리 집은 동네에서 두 번째로 차를 장만했다. 그

래봐야 농사에 필요한 트럭이었다. 그래도 그 트럭은 '더블
캡'이라고 부르던, 앞좌석이 2줄이나 있고 짐도 사람도 싣
고 나를 수 있는 멋진 차였다. 이전까지 오토바이를 타고 나
를 데리러 오던 엄마가 이제는 더블캡을 몰고 나를 데리러
왔다. 그리고 기억난다.

'딴 딴딴딴... 따라 따라라라라.'

엄마는 당시 내가 꽂힌 〈오늘 같은 밤이면(지금은 고인이
된 가수 박정운 님)〉이란 노래를, 차에 타는 순간 들을 수
있게 준비해 두었다가 틀어주셨다. 그때나 지금이나 한번
꽂힌 노래를 질릴 때까지 듣곤 한다. 사람은 참 변하기 힘든
존재이기도 변하지 않는 존재이기도 하구나 하고 새삼 느낀
다.

맨날 성질만 부리고 상전 노릇은 다 하는 큰딸을 데리러
오는 것도 모자라서 좋아하는 음악을 들려주던 엄마. 참나,
다시 생각해 봐도 '뭐가 이쁘다고, 혼내지도 않고 듬뿍듬뿍
사랑만 주셨구나.' 싶어 새삼스럽게 감사하다. 이 소중한 것
도 그저 다 잊어버리고 살았다. 내가 엄마 나이가 되고, 아
이가 내 나이가 되고 똑같은 상황이 되어보니 이제야 겨우

생각이 났을 뿐이다.

　우리 아이도 마찬가지이겠지. 지금은 이런 나의 수고가 너무나 당연하게 느껴질 게 뻔하다. 또 시간이 지나면 기억에서도 지워버리고 말 것이다. 다만 본인이 같은 상황이 되는 언젠가 먼 훗날, 그때 문득 생각이 날 수도 있겠다. 인상적인 사건이 없다면 기억이 나지 않을 수도 있다.

　그래, 까짓거 내가 대신 기억하고 있자. 내가 잊지 않고 있자. 내가 오래오래 붙잡고 있으면 그걸로 족하다. 그래도 욕심이 있다면 언젠가는 아이도 한 줄기라도 행복한 기억으로 남아 추억했으면 한다. 그래서 적적한 어느 날, 온기가 필요한 날에 꺼내 볼 수 있는 따스함으로 남아 있다면 있으면 그걸로 족하다.

　다 잊은 줄 알았는데 이렇게 기억하고 있던 나처럼. 그래서 당시엔 몰랐지만 돌아보면서 폭포처럼 쏟아지던 사랑을 온몸으로 흠뻑 받으며 자랐음을 이제라도 아는 것처럼. 언제일지 모르지만, 나의 아이도 내가 건네는 사랑을 알게 되기를 소망한다. 늦더라도 상관없다. 아이에게 필요한 그 어느 짧은 순간이라도 나의 이 사랑이 소용이 있다면 그걸로 너무나 충분하다.

나 역시 기억하고 있었던 거다.

그래서 엄마 아빠를 떠난 고등학교 무렵부터 할머니와 함께 근처 소도시로 나와서 살았던 그때 한동안을 그렇게나 힘들어했던 거다. 혼자서도 아니고 할머니가 언제나 곁에서 먹는 거 자는 걸 아기처럼 애지중지 돌봐 주셨음에도 불구하고. 시골집으로 가는 토요일, 종일 신나던 기분과 일요일 오후, 이제 곧 엄마 아빠를 떠난다는 사실에 초조하고 우울하던 기분이 아직도 어제 일처럼 생생하다.

물론 1학기를 마치고 나서는 대충 견딜 만해졌었다. 스스로는 뛰어난 적응력과 생존력이라고 생각했었는데. 듬뿍 받은 사랑으로 내 마음은 생각보다 꽤 단단했던 거다. 지금에서야 생각하게 된다.

시간은 정말 많은 것들을 새로 깨우쳐 주는구나.

결국 내가 할 일은 시간이 알려주는 것들을 그저 가만히 지켜보면 되는 것뿐이구나 싶다. 다만 소중한 이 조각들을 그냥 지나치지 않도록 내 마음을 너무 분주히 여러 군데로 보내지 않기를 바란다. 그러지 않아도 된다는 걸, 이제는 알게 되었으니.

　나의 휴직은 1년이 채 안 되는 시간이었지만 그 무언가가
천천히 차오르는 것만 같던 풍족했던 시간이었다. 그게 그
저 시간이었는지 혹은 나였는지는 금세 알게 될 것 같다.

　그리고 더 시간이 걸린다고 해도 이제는 상관없다.
　그래도 괜찮다는 걸 알게 되었다.

　그래서 참 좋다.